JACK SPARROW

L'âge de bronze

Par Rob Kidd
Illustré par Jean-Paul Orpinas

Basé sur les personnages créés pour le film
Pirates des Caraïbes : La malédiction du Perle noire,
histoire par Ted Elliott, Terry Rossio, Stuart Beattie et Jay Wolpert,
scénario par Ted Elliott et Terry Rossio
et les personnages créés pour les films
Pirates des Caraïbes : Le coffre du mort et
Pirates des Caraïbes : Jusqu'au bout du monde,
histoire par Ted Elliott et Terry Rossio.

© 2010 par Disney Enterprises, Inc. Tous droits réservés.

Presses Aventure, une division de

Les Publications Modus Vivendi inc.
55, rue Jean-Talon Ouest, 2ᵉ étage
Montréal (Québec) H2R 2W8, CANADA

Publié pour la première fois en 2006 par Disney Press
sous le titre *The Age of Bronze*

Traduit de l'anglais par Jean-Robert Saucyer

Dépôt légal - Bibliothèque et Archives nationales du Québec, 2010
Dépôt légal - Bibliothèque et Archives Canada, 2010

ISBN 978-2-89660-084-7

Nous reconnaissons l'aide financière du gouvernement du Canada par l'entremise
du Programme d'aide au développement de l'industrie de l'édition (PADIÉ)
pour nos activités d'édition.

Gouvernement du Québec – Programme de crédit d'impôt pour l'édition de livres
– Gestion SODEC

Imprimé au Canada

PIRATES des CARAÏBES

JACK SPARROW

L'âge de bronze

PRESSES AVENTURE

CHAPITRE UN

La mer azur scintille sous un soleil radieux. Des plages de sable blanc bordent le littoral. Au-dessus de la plage s'élèvent de hautes falaises de pierre grise, ponctuées de rangs de palmiers ébouriffés par la brise marine. De petits bancs de poissons argentés sautent çà et là hors de l'eau. Tout n'est que calme et tranquillité.

« Compagnons, la vie ne devrait pas être plus compliquée que ça », dit Jack Sparrow avant de laisser échapper un soupir de contentement. Il est appuyé au bastingage de son voilier, le majestueux *Barnacle*, et inspire de profondes bouffées d'air salin.

« Je mentirais en affirmant qu'il est désagréable de se la couler douce pour une fois », dit Arabella, capitaine en second. Elle ramène ses cheveux auburn en arrière et lève une coupe dorée en direction de l'océan. Le soleil fait scintiller les rubis qui en ornent le pourtour.

Fitzwilliam P. Dalton, troisième du nom, fils d'aristocrate, lorgne la coupe et fait de gros yeux.

« Alors, quoi ? dit-elle sur la défensive. Ça n'est que de l'eau. Je crois mériter un petit remontant après nos récentes mésaventures... »

« C'est bien vrai, mon ami, dit Jean, un autre marin, avec un pétillement malicieux dans ses yeux verts. Il donne une tape amicale sur l'épaule de Fitzwilliam. Laisse Arabella en paix. Nous avons tous besoin d'un "petit remontant" après nos péripéties, non ? »

Constance, la sœur de Jean qu'un sortilège a transformée en chat, miaule en signe d'approbation alors qu'elle s'affaire consciencieusement à nettoyer l'une de ses vilaines griffes jaunes.

« Yin'bey pa wachoch, dit Tumen, le marin maya en observant la plage. Puis il se tourne en direction de ses compagnons. Je rentre chez moi », traduit-il.

« Il y a plus de deux ans que je n'ai pas mis les pieds chez moi, poursuit Tumen. Des pirates m'ont enlevé à ma famille. Ils m'ont capturé alors que j'étais sur la plage à proximité de mon village. Ils m'ont forcé à travailler pour eux. J'ai été vendu et revendu d'un navire à l'autre, y compris à quelques-uns de vos honorables voiliers anglais. Il décoche un regard accusateur en direction de Fitzwilliam. Je suis heureux d'être enfin libre, et je me suis bien amusé en votre compagnie, mais tout ce qui m'a toujours importé était de retourner chez moi. »

Ses yeux sont écarquillés et brillants, et il se mord la lèvre d'un air décidé. Mais il craint quelque peu les réactions de ses compagnons d'aventure.

« Indique-nous la direction, dit Jack avec un large sourire et en le saluant bas. Nous serons ravis de te ramener chez toi. »

Au bout de quelques heures de navigation aisée, le *Barnacle* fait son entrée dans une petite baie protégée des vents. Il y a empilé çà et là sur le sable de grosses pierres grises portant des inscriptions et des motifs usés par les intempéries. Derrière la plage se dresse une suite de collines pointues sur lesquelles perchent un groupe de huttes face à l'océan. Des volutes de fumée à l'odeur sucrée s'élèvent du village qui, sinon, semble désert.

« Il n'y a personne ici ! », lance Arabella, étonnée.

« Ta parenté n'est pas très sociable, hein l'ami ? dit Jack en bridant l'ancre. Que leur as-tu fait, compagnon, pour qu'ils n'approchent pas de toi ? » Jack se penche vers Arabella. « Il faut toujours se méfier de l'eau qui dort », lui murmure-t-il à l'oreille.

« Nous naviguons sur un voilier européen, souligne Tumen. Le dernier qui a mouillé par ici nous a fait prisonniers mes cousins et moi. »

« Très intéressant ! » dit Fitzwilliam en regardant dans sa lunette d'approche.

« J'ai toujours souhaité voir un village indigène ! Voyez comment les primitifs font cuire leurs aliments sur le feu ! »

« Hum... Arabella repousse la lunette d'approche et se racle la gorge. Dalton, ton altesse ferait mieux de réserver ses commentaires anthropologiques pour un autre moment. C'est de la famille de Tumen dont tu parles. Peux-tu faire preuve d'un peu de respect ? »

Tumen se hisse par-dessus la lisse du *Barnacle* et plonge dans l'eau peu profonde en un éclaboussement à peine audible. « Holà ! » lance-t-il.

Deux têtes surgissent derrière le tronc d'un palmier. Prudemment, une fillette et un garçon sortent de leur cachette à la vue de tous en regardant le voilier avec des yeux méfiants. Puis le visage de la fillette s'éclaire. « Tumen ! » crie-t-elle en courant à sa rencontre.

Tumen fait un large sourire et la saisit dans ses bras avant de la lancer dans les airs en éclatant de rire. Le garçon s'agrippe à la jambe de Tumen.

« Voici mon frère et ma sœur, Kan et K'ay », dit-il avec fierté.

D'autres villageois émergent lentement des buissons et sortent peu à peu de leurs habitations. Ils portent des vêtements blancs et rouge vif garnis de rayures colorées. Les femmes ont remonté leurs torsades de cheveux noirs auxquelles elles ont natté des cordonnets rouges et mauves. Tous ont un grand sourire en apercevant Tumen.

Un vieil homme s'avance vers lui. Son crâne est presque chauve. Il salue avec prestance, à la manière d'un chef. Sa tunique est blanche et rouge comme celles des autres villageois, mais un ensemble de croix mauves est épinglé au centre de sa poitrine. Il porte un collier de jade et d'or qui brille au soleil.

« Mam ! » s'exclame Tumen. Le vieil homme lève la main et répond quelque chose en souriant de ses dents crochues. Tumen court en remontant la plage, empoigne le vieil homme et le serre contre lui.

« De qui s'agit-il ? demande Fitzwilliam en faisant mine d'être intéressé. Du sorcier de ton village ? »

« Je vous présente mon arrière-grand-père, Mam. »

« Oh ! j'adore les réunions familiales, fait Jack en frappant dans ses mains. À présent, où se trouve le buffet ? »

Arabella lui donne un coup dans les côtes.

« Mam, voici mes amis, dit Tumen d'abord en langue maya, puis en français. C'est grâce à eux si je suis de retour ici. »

Le vieil homme parle, et son arrière-petit-fils traduit ses paroles. « Il dit qu'il s'agit d'une occasion de célébrer. Il y aura une grande fête au village ce soir en mon honneur, et vous êtes tous invités. Nous danserons, nous festoierons et nous réciterons des contes. »

« De la danse ? dit Fitzwilliam en jetant un regard oblique à Arabella. Je serais honoré de vous escorter ce soir, Milady. » Il fait une courte révérence et tend la main vers la jeune fille. Bien malgré elle, Arabella rayonne de plaisir.

« Il n'en est pas question, tranche Jack. En tant que capitaine de ce vaisseau, il me revient d'être son chevalier servant à la fête de ce soir. Afin de la protéger de toi et de tous ces... Il fait un geste de la main en cherchant le mot juste.

... polissons qui naviguent à bord du *Barnacle*. Je suis leur supérieur, vous savez. »

« Allons, allons Jack, objecte le futur comte de Dalton. Tu ne sais pas danser la valse, j'en mettrais ma main au feu. »

« Bien entendu, nous t'imaginons tous en train de t'éclater avec les indigènes comme s'ils étaient tes meilleurs amis, réplique Jack de but en blanc. Tu pourrais salir tes chères bottes et ta culotte. »

Arabella se racle la gorge. Les deux garçons cessent de se disputer et se tournent vers elle. Sa main est posée sur le bras de Jean. Le petit créole fait un sourire malicieux.

« Si cela ne vous fait rien, j'ai décidé d'accompagner Jean à la fête, annonce-t-elle. Il est le seul qui n'est pas trop rustre, si vous ne l'aviez pas remarqué. »

Jean fait une courte révérence moqueuse à l'intention de Fitzwilliam. « Je vous accorde la permission d'accompagner ma sœur, mon capitaine. Vous saurez la protéger. »

Jack lance un regard furieux en direction de Constance.

Pour sa part, Tumen se contente de rouler de grands yeux.

CHAPITRE DEUX

Le soir même, les villageois font un immense feu de joie sur la plage. Les hommes déplacent de gros rondins sur lesquels ils vont s'asseoir. Les cinq membres d'équipage du *Barnacle* regardent les danseurs accomplir le rite de la reconnaissance. Leurs bracelets de jade et de nacre tintent au rythme de la musique alors que les danseurs frappent du pied. Le chef de la troupe porte une coiffure colorée tapissée de plumes. Les torches piquées dans le sol projettent des ombres inquiétantes autour de son visage. Les femmes et les hommes de l'assistance chantent lentement avec lui.

« Il faut admettre que cette cérémonie est fascinante », murmure Fitzwilliam à l'oreille d'Arabella.

« C'est très amusant, j'en conviens », concède la jeune fille.

On distribue des bols de chaudrée de maïs, de même que des tortillas garnies d'œufs durs. Du manioc bouilli est ensuite servi sur des feuilles. On pose devant de grands plats de poisson garnis d'huîtres. Des oiseaux de mer sont rôtis à la broche et servis avec des avocats.

« Ce mets est plutôt savoureux, compagnon, dit Jack en mâchant gaiement. Ça s'appelle comment ? »

« Xoloitzcuintli », répond Tumen avec un sourire déguisé.

« C'est une sorte de lapin ou de volatile ? »

« C'est une variété de chiens sans poils. »

Jack s'étrangle en avalant un morceau de travers, puis il crache le reste de sa bouchée.

Tumen et Jean éclatent de rire.

« Tu vas me manquer, mon frère, dit Jean en affichant un sourire brave et en passant le bras autour du cou de Tumen. Nous avons surmonté beaucoup d'épreuves ensemble. »

« Je n'aurais pas survécu sans toi », avoue Tumen.

Constance vient se frotter contre la jambe de Tumen, en ronronnant fièrement. « Tu vas me manquer, toi aussi », dit-il en la caressant sous la mâchoire.

On distribue à la ronde de grosses chopes de chocolat. Arabella est ravie du dessert, et finit par boire le sien et celui de Jean. Et un peu de celui de Jack. Puis les villageois et les compagnons d'aventure prennent place autour du feu. Tumen fait le récit de ses aventures à bord du *Barnacle*. Par la suite, il fait la traduction pendant que Chila, son frère aîné, raconte les circonstances de l'enlèvement de Tumen. D'autres encore racontent des légendes au sujet de leurs dieux et de leurs héros. Lorsque Mam s'éclaircit la voix et donne quelques coups de canne sur le sol, chacun fait silence pour l'écouter.

« Il raconte une histoire au sujet du plus riche trésor que l'humanité ait jamais eu », explique Tumen à voix basse.

« Est-il maudit ? demande Jack d'un ton cassant. Est-ce que des gardes maudits veillent sur lui ? Est-il composé de lingots maudits ? Est-ce qu'une chatte maudite prétend être leur sœur ? C'est que, voyez-vous, j'ai renoncé à tout ce qui touche la magie et les malédictions. Je préfère les bons vieux trésors enfouis dans leurs coffres. Un butin de pirates. Une banque sans verrou. Quelque chose de simple. »

Mam secoue la tête en regardant Jack. « Il s'agit d'un trésor que nul ne peut convoiter, traduisit Tumen. Il parle de la Cité de l'or. »

« L'El Dorado ! dit Fitzwilliam, soudain plein d'entrain. J'ai entendu parler de cet endroit. Les Espagnols ont perdu un nombre considérable d'hommes lors d'expéditions en vue de le trouver. Un gaspillage scandaleux de ressources », dit-il avec dédain.

Tumen traduit la réponse de Mam : « Pas l'El Dorado. Mais quelque chose de bien plus grand. Une autre ville. »

« Où est-ce, mime, euh... je veux dire Mam ? demanda Jack, frustré. Ça semble une destination à ne pas manquer. »

Les yeux noirs de Mam deviennent insondables alors qu'il regarde fixement Jack. Il parle lentement. Tumen le regarde d'un air interrogateur, puis il répond en français. « Où que se trouve l'argent se trouve la ville. »

Les villageois retiennent leur souffle et même les insectes qui bruissaient jusque-là dans les buissons deviennent silencieux. Les membres de l'équipage du *Barnacle* frissonnent.

La soirée tire bientôt à sa fin. Les villageois se lèvent un à un et commencent à rentrer chez eux pour se protéger de la froideur de la nuit. Le feu de joie n'est plus que des charbons rougeoyants qui luisent faiblement dans la noirceur de la mer et du ciel. Fitzwilliam prête sa redingote à Arabella qui la jette sur ses épaules.

« Où que se trouve l'argent se trouve la ville, murmure-t-elle lentement. Que crois-tu que cela signifie ? »

« Il s'agit peut-être d'une ville à proximité d'une mine d'argent, avance Fitzwilliam. Il semble exister un lien entre cette ville et l'argent. »

« Tout cela manque terriblement de poésie, objecte Jean. Cela veut peut-être dire que quiconque est à sa recherche a du métal précieux dans le cerveau, car il ne pense à rien d'autre. Alors, ils disparaissent tous et se retrouvent dans cette Cité de l'or. »

« Et peut-être, l'interrompt Jack, est-ce seulement – oh! et vous aurez du mal à y croire, compagnons, j'en suis convaincu – compliqué, beaucoup trop compliqué... Peut-être s'agit-il d'une ville. Faite d'or. » Ses yeux deviennent plus grands et plus écartés alors qu'il imagine non seulement les rues pavées d'or, mais également des immeubles et des statues en or. Même les objets du quotidien comme les chaises et les tables.

« Souvenez-vous des paroles de Mam, dit Tumen en remarquant la lueur dans leurs regards. Il s'agit d'un trésor que nul ne peut convoiter. »

Cependant, malgré cette mise en garde, chacun d'eux, Tumen y compris, commence à somnoler et s'endort sur le sable blanc du Yucatán avant de rêver à une cité pavée d'or.

CHAPITRE TROIS

Le soleil commence à peine à chasser la fraîcheur de la nuit lorsqu'un vacarme réveille l'équipage du *Barnacle*.

Ils ouvrent les yeux pour apercevoir les habitants du village de Tumen qui crient et accourent pour plusieurs dans leur direction. Un jeune homme prend la tête du groupe. Il a le nez pointu et des yeux noirs, un regard féroce, et il tient d'une main quelque chose qui ressemble à une courte lance. Jack ouvre grand les yeux.

« Que se passe-t-il encore ? N'y a-t-il pas moyen de prendre un peu de repos ? » grommelle Jack.

Le porteur de lance s'appelle Xaxun. Tumen fronce les sourcils. Les deux garçons ne se sont jamais bien entendus, même dans les meilleures conditions.

« Que s'est-il passé ? » demande Tumen.

« Toi, tu as amené ces sales marins ici, en particulier celui qui noue un torchon crasseux sur sa tête, et vois ce qui se produit ! lance Xaxun en haussant le ton. À moins que ce ne soit toi qui aies volé l'amulette. Tu t'habilles comme eux, à présent. Tu pourrais très bien être l'un d'eux ! »

« L'amulette ? Pas le Soleil-et-les-étoiles ? » demande Tumen en espérant qu'il n'en soit rien.

« Oui, le Soleil-et-les-étoiles, dit une vieille femme avec tristesse. Celle-là même que les Xitami nous ont confiée avant que Cortés et ses hommes ne les anéantissent. Nous l'avons gardée en sûreté pendant de nombreuses années, avant même la naissance de la mère de mon arrière-grand-mère. Et, à présent, elle a disparu. »

« Et elle a disparu la nuit même où tu as conduit tes amis ici ! » dit Xaxun d'un ton accusatoire en désignant de sa lance les membres de l'équipage.

« Il doit y avoir un malentendu, proteste Tumen. Laisse-moi parler à Mam. »

Xaxun lui dit d'un air méprisant : « Très bien, va lui parler. Tu ne seras pas heureux de ce que tu trouveras. Ou, peut-être, le seras-tu. Qui sait ? »

« Attendez ici. Ne bougez pas », dit Tumen au reste de l'équipage.

« L'idée ne m'en viendrait pas, compagnon », dit Jack prêt à sauter sur ses jambes et à filer vers le *Barnacle*. Mais il se ravise rapidement quand il voit que plusieurs villageois brandissent à présent des lances.

Tumen accourt sur la plage à la case de Mam. Il est convaincu qu'il s'agit d'un malentendu que Mam pourrait faire cesser... Mais lorsqu'il arrive à la hutte de son arrière-grand-père, il sait que quelque chose ne va pas. Des nuages d'encens s'échappent des fenêtres et Chila est assis sur ses talons à l'extérieur; il sème des pétales de fleurs aux quatre vents en secouant la tête. Lorsqu'il lève les yeux et aperçoit Tumen, il secoue la tête avec tristesse.

« Mam est gravement malade... Je crois que les responsables sont ces hommes que tu as conduits ici. »

« Non ! C'est impossible ! » Tumen pénètre de force à l'intérieur de la hutte. Il aperçoit dans la pénombre la silhouette de son arrière-grand-père recroquevillé sur sa natte. Plusieurs villageoises sont à son chevet ou lui proposent un bol de bouillon. D'autres posent des chiffons humectés d'eau fraîche sur son front.

« Il a de la fièvre, dit la grand-mère de Tumen. Elle le regarde en plissant les yeux et se retient de lui cracher au visage. Tu ferais mieux de partir. »

Tumen recule d'un pas chancelant, étonné par la violence de sa colère. Tous ces gens – toute sa famille qui lui avait manqué si longtemps et qu'il était si heureux de retrouver enfin – le dévisagent en lui lançant des regards haineux.

Xaxun l'attend à l'extérieur, une troupe d'hommes armés derrière lui.

« Le conseil des sages est d'accord, dit-il avec hargne. Nous te chassons du village et tu ne dois jamais revenir. »

« Attendez ! C'est un malentendu... », commence à dire Tumen. Il regarde chacun de ses vieux amis, les gens auprès de qui il a grandi.

Ces derniers détournent leur regard ou le dévisagent avec dégoût.

La mine déconfite, Tumen reprend le chemin de la plage. Il se retourne à une reprise pour apercevoir son petit frère et sa petite sœur en pleurs.

Que peut-il s'être passé ? Peut-être quelqu'un a-t-il égaré l'amulette ? La chose est peu probable après qu'on l'eut gardée en sûreté si longtemps. Il est plus qu'étrange qu'elle ait disparu le soir même de son arrivée, mais ses amis ou lui-même n'y sont assurément pour rien.

Vraiment ?

Car enfin, à quel point connaît-il vraiment chacun d'eux ?

Vrai, ils semblent tous gentils et ils ont connu de bons moments ensemble... Mais, à l'exception de Jean, il n'est vraiment intime avec aucun d'entre eux. Fitzwilliam n'est qu'un richard constipé ; du moins, est-ce ainsi qu'il le perçoit. Et cinglé, de surcroît. Qui renonce à la vie de château pour devenir un aventurier errant? Arabella est gentille, mais un peu soupe au lait et tête brûlée. Elle a été serveuse dans une taverne fréquentée par des pirates et des assassins. Peut-elle être l'un d'eux? Et puis, il y a Jack... Jack est simplement singulier. Singulier, et un peu trop soucieux de son propre intérêt.

Au moment où il approche du feu en voie de s'éteindre, Tumen est furieux.

« Rends-la! » commande-t-il en s'approchant à quelques pouces du visage de Jack.

« Hum... rendre quoi, au juste, compagnon? » demande Jack en jetant précautionneusement de rapides coups d'œil de gauche et de droite.

« L'amulette! Je sais que tu l'as prise! Rends-la! » Tumen serre les poings.

« De quoi parles-tu? demande Arabella. Qu'est-ce que Jack est censé avoir pris? »

« L'un de vous l'a prise! dit Tumen en se tournant brusquement vers elle et Fitzwilliam. L'un de vous a volé le Soleil-et-les-étoiles. Mon peuple conserve et protège cette amulette depuis plusieurs siècles, et il se trouve qu'elle a disparu hier soir! Où se trouve-t-elle? »

CHAPITRE QUATRE

« *O*h là ! Je suis indigné par ton sous-entendu lourd de conséquences, dit Jack en faisant des gestes frénétiques de la main. Je n'ai jamais entendu parler d'une amulette, et j'en ai encore moins volé une. D'ailleurs, s'il y avait eu une amulette, il aurait fallu que je sache qu'il y avait une amulette afin que je puisse la voler. Entendu ? »

« Je dois reconnaître que Jack a raison cette fois, dit Fitzwilliam d'un ton glacial en plantant ses pieds dans le sable blanc. Comment peux-tu te méfier de tes compagnons d'aventure, de tes propres amis, après tout ce que nous avons vécu ensemble ? »

« Sans compter que Jack n'aurait pu s'en emparer, dit Arabella en lançant un regard sarcastique en direction de Jack. Il a été ici toute la nuit. Il ronfle comme un porc. Je n'ai presque pas fermé l'œil de la nuit. »

Jean pose le bras sur l'épaule de Tumen. « Allons, mon ami. Raconte-nous ce qui te met dans cet état. »

Tumen se laisse choir sur le sol en se cachant la figure de ses mains. Il a envie de pleurer. « Ils m'ont banni à jamais. De mon propre village. Ils croient que je vous ai conduits ici afin de nous en emparer. Et Mama est gravement malade, et ils disent que j'en suis la raison. »

« Te bannir, toi ? Pour toujours ? » répète Jean d'un ton horrifié. Constance crache afin de marquer sa colère.

« Parle-nous de cette amulette », dit Arabella d'un ton qui se veut apaisant.

« Et du motif pour lequel j'aurais pu vouloir m'en emparer », ajoute Jack.

Tumen laisse échapper un soupir. « Personne ne sait ce que c'est au juste... On lui prête une grande force. Nous croyons que les Xitami l'ont achetée des Espagnols. Les Xitami voulaient ainsi s'assurer qu'elle ne serait plus jamais entre leurs mains. Ils n'ont pas confié à nos ancêtres ce qu'elle permet d'accomplir; ils leur ont seulement demandé de la mettre en sûreté. Il se met à tracer des lignes sur le sable tout en parlant. L'amulette est faite d'un métal blanc qui n'est pas de l'argent. Elle compte trois chatons vides. On dit que les trois pierres qui manquent ont été perdues il y a longtemps, avant que mon peuple n'entre en possession du bijou. »

Les cinq membres de l'équipage examinent le dessin d'un air morose.

« Il va de soi que nous devons partir à sa recherche, décide Jack. Nous allons la retrouver, la rendre aux villageois et restaurer ta réputation. Tu pourras retourner chez toi et nous pourrons reprendre la mer. »

Ainsi, Jack ne ferait pas qu'une bonne action... il y trouverait aussi son intérêt. Retrouver l'amulette serait un bon moyen de se faire de puissants alliés dans le Yucatán. Un aventurier qui parcourt les mers doit pouvoir compter sur des refuges sûrs le long de la côte. Par contre, aussi longtemps que l'amulette resterait introuvable, il aurait de puissants ennemis.

« Alors, qu'est-ce que vous attendez ? demande Jack en désignant les alentours d'un geste de la main. Commencez les recherches ! Essayons de trouver cette amulette ou, à tout le moins, quelques indices. »

L'équipage se disperse afin de fouiller différentes zones autour de la baie, en prenant soin de ne pas trop s'approcher du village. Ce qui semblait au départ une tâche impossible s'achève plus tôt qu'on ne l'aurait cru. Dans la jungle, un lambeau d'étoffe de couleur vive dissimulé entre les feuilles attire l'attention de Jack. Il écarquille les yeux et invite les autres à venir le rejoindre dans la petite clairière où il se trouve.

« Les gars, la gamine et mademoiselle la chatte, délectez-vous à regarder ceci », dit-il d'un ton quelque peu suffisant.

C'est alors qu'ils voient au pied d'un grand arbre, dissimulé entre deux racines sorties de terre, l'indice qu'ils cherchaient.

« C'est une petite poupée », dit Arabella avec une note d'émerveillement dans la voix alors qu'elle se penche pour la prendre.

La poupée en question est à peine plus que deux bâtonnets noués en croix, enveloppés de chiffon, qui représentent un corps et une tête. La tête est chauve, mais on a brodé des yeux et une bouche sur le visage. Elle est vêtue d'une tunique blanche et rouge comme ils en ont vu plus tôt, décorée de X mauves sur la poitrine... et un collier de jade miniature pare son cou.

« Regardez sa tenue ! s'exclame Tumen en la ramassant. Ce sont les vêtements de cérémonie de Mam ! »

Jean prend la sinistre petite figurine et l'examine d'un air sévère. « C'est une poupée fabriquée par quelqu'un qui pratique la magie. » Il lui dénude le torse. Sur le cœur, un dessin a été tracé à l'encre rouge sang : une dague courbe autour de laquelle est lové un serpent. Jean laisse échapper un sifflement. « Ooh ! Nous ne sommes pas au bout de nos peines. C'est le signe de Madame Minuit... de La Nouvelle-Orléans. C'est son œuvre. »

« Une émule de Tia Dalma ? demande Jack. Une praticienne des arts mystiques, ainsi qu'elles se désignent ? »

Jean acquiesce. « C'est une femme très puissante. Mais elle ne recourt à sa puissance que pour servir sa propre cause. Cela explique peut-être pourquoi ton arrière-grand-père est souffrant, Tumen. Elle se sert de cette poupée pour le rendre malade. »

« Pourquoi ferait-elle une chose pareille ? demande Tumen, exaspéré. Mam n'a jamais fait de mal à quiconque. Il n'est jamais allé à La Nouvelle-Orléans. Il n'est jamais sorti du Yucatán ! »

« C'est une idée comme ça, mais peut-être – et je dis bien peut-être – que cette amulette dont vous parlez depuis tantôt a quelque chose à voir avec cette catin, dit Jack d'un ton sarcastique. Pourquoi faut-il toujours que j'énonce des évidences devant vous, compagnons ? »

Tumen cligne des yeux. Le lien lui semble évident. La disparition de l'amulette, le malaise soudain de Mam... La poupée n'est pas qu'une coïncidence. Il tourne sur ses talons et retourne au village. Les autres le suivent.

« Il faut que je voie Mam », fait valoir Tumen lorsque Xaxun tente de l'en empêcher.

« Je suis navré, dit avec tristesse Chila, le frère aîné de Tumen, qui lui barre également la route. Mais si tu tentes de revenir de nouveau, nous devrons user de force afin de vous éloigner, tes amis et toi. Je t'en prie, partez d'ici ! Et apportez avec vous le mal qui s'est emparé du village. Désormais, tu n'es plus mon frère. Ils ont fait de toi un inconnu. »

CHAPITRE CINQ

Une demi-lune d'une pâleur d'albâtre est suspendue à un ciel criblé d'étoiles, alors que le *Barnacle* fend les eaux du golfe du Mexique en direction de La Nouvelle-Orléans. L'astre de la nuit projette son reflet spectral sur la crête des vagues. L'eau sombre et mouvante se fond à l'encre du ciel. Un goéland solitaire déchire le silence d'un cri.

« Je me fais du souci pour Mam, dit Tumen. Il était si mal en point. À son âge, la fièvre peut être mortelle... »

« Ah ! ne t'inquiète pas, Tumen », dit Jean en lui donnant une petite tape sur l'épaule afin de rassurer son ami.

« Le maléfice de la poupée ne peut s'accomplir que lorsqu'elle se trouve entre les mains de celle qui l'a confectionnée. Celle que nous avons trouvée dans le sable, quelqu'un l'avait perdue. Son pouvoir s'en trouve affaibli. Ton arrière-grand-père a déjà repris du mieux. »

Arabella, qui se trouve derrière Tumen, lève un sourcil en regardant Jean. Le garçon créole dit-il la vérité ou ne s'agit-il que de paroles creuses visant à rassurer Tumen ?

Jean hoche la tête à plusieurs reprises, les doigts croisés sur le cœur.

« Une nuit idéale pour faire une course en mer », fait Fitzwilliam afin de détourner la conversation.

« Ça n'est pas mon avis, dit Arabella en secouant la tête. J'ai un mauvais pressentiment. Comme si une malédiction... »

« Taratata ! aboie Jack en lâchant le gouvernail afin de pointer du doigt ses deux compagnons. Plus de malédiction, plus de magie, plus de mauvais pressentiment ! »

« Plus de malédiction, Jack ? Et cela, qu'est-ce que tu en fais ? » demande Jean d'un ton sarcastique en brandissant la poupée.

« Un malheureux ensemble d'épreuves fortuites », avance Jack en gardant cependant un œil méfiant sur la poupée. Jean l'agite à son endroit avant de la lancer en direction du capitaine du *Barnacle*. Jack fait un bond agile pour éviter qu'elle atterrisse sur lui et lance un cri aigu, sans pour autant lâcher la roue de gouvernail. Il regarde Jean de travers.

« Qu'est-ce que c'est ? » demande Tumen en désignant une masse informe au-dessus des eaux.

Il est difficile de l'établir au premier coup d'œil. Une haute masse sombre bloque l'horizon et empêche la lumière des étoiles de filtrer. Il pourrait s'agir d'une illusion d'optique ou d'un nuage opaque poussé par le vent. Mais alors que le *Barnacle* navigue en silence dans sa direction, la masse noire ne cesse de s'élargir.

« C'est un vaisseau », constate Jack le premier. Mais il s'en dégage une sinistre impression. D'abord, il est presque immobile à la surface de l'eau.

Comme si la houle et les vagues ne l'avaient pas porté. On dirait un vaisseau fantôme. Aucun son n'en émane, pas même le claquement des voiles au vent. Et pas la moindre lumière ne s'épand du pont ou des cabines. Même l'eau qui l'entoure est d'une immobilité surréelle.

Constance bondit sur la rambarde et se met à renifler curieusement en direction du navire.

« Quel voilier il fait », murmure Arabella.

« Je vais courir un bord et nous y verrons mieux », décide Jack en faisant tourner la roue de gouvernail. Personne n'émet d'objection

mais, à vrai dire, nul ne se montre très enthousiaste. « Oh ! ne vantez pas tous l'héroïsme de votre capitaine ! » lance Jack avec sarcasme.

Alors qu'ils approchent du vaisseau fantôme, le beaupré commence à luire – ce qui est fort inhabituel pour un mât de bois, et même si ce bois a été peint de frais.

Mais c'est seulement lorsque le clair de lune frappe la coque que les membres de l'équipage se rendent compte de l'étrangeté de l'affaire.

« Il est tout en métal », murmure Arabella.

En effet, de l'étrave à la poupe, du pont de dunette à la grand-voile, tout luit sous le clair de lune.

« Impossible, dit Fitzwilliam avec lenteur. Un voilier tout en métal ? Il ne pourrait jamais flotter ! »

« Et pourtant, le voici, compagnon, fait Jack en jetant un coup d'œil au navire. Du bronze, on dirait. »

« Regardez, l'eau », dit Jean en la montrant du doigt. Les vagues entourant le vaisseau ne sont pas qu'étrangement immobiles. Elles sont également faites de métal. Un ourlet de métal entoure la coque.

« C'est peut-être une sorte de sculpture, suggère Arabella avec hésitation, sachant pertinemment que cette remarque était idiote au moment même où elle l'avançait. Mais elle ne voit aucune autre explication rationnelle. Peut-être afin de commémorer une bataille navale ? »

Jean et Tumen secouent la tête. « Non. Nous sommes entrés et sortis du port de La Nouvelle-Orléans à maintes reprises, commence le garçon créole. Même si les Britanniques, les Espagnols ou les Français avaient fait quelque chose de semblable, nous l'aurions déjà vu ou nous en aurions entendu parler. »

Jack prend une décision. « Prends le gouvernail, Fitzy. »

Jack glisse un autre poignard sous sa ceinture et enroule une corde autour de sa taille. Il ira explorer ce navire. Et, alors qu'il regarde fixement les membres de son équipage, il semble évident que nul d'entre eux ne l'accompagnera.

Il lance un grondement en direction de ses compagnons et, s'emparant d'une autre corde, il fait un bond par-dessus le bastingage du *Barnacle* et pose pied sur l'eau métallique... qui craque sous son poids !

Pareilles à de la glace, les plaques de métal se fissurent sous les pieds de Jack. Contrairement à de la glace, dès lors qu'une parcelle se détache, elle sombre vite et lourdement sous l'eau.

Dans un long cri, Jack bondit de nouveau, se propulse dans les airs et s'approche du vaisseau de bronze. L'ourlet métallique est plus épais à cet endroit et supporte son poids. Mais le métal qui effleure l'eau de la mer est bleu et écaillé. Il se penche et parvient sans difficulté à en rompre un fragment.

Il l'examine avec attention puis le jette de côté. Il devait faire preuve de plus de prudence. Par la suite, il déroule la corde qui lui ceignait la taille et la lance à maintes reprises jusqu'à ce que la boucle formée à une extrémité s'accroche au longeron inférieur du mât d'artimon. Il tire dessus deux fois plutôt qu'une pour vérifier qu'elle est bien calée, puis il entreprend la montée. Il ne regarde pas sous lui; une chute et un atterrissage sur l'ourlet de métal lui vaudraient assurément la mort.

Parvenu au bout de la corde, Jack saisit la rambarde et se hisse à bord.

Ses bottes touchent le pont avec un grincement métallique qui ne ressemble guère au bruit sourd qu'elles auraient fait sur des lattes de bois. Il frappe du poing sur la rambarde, et retentit la même sonorité. Même chose pour un tonneau qui traîne sur le pont. Et pour les cordages. Il les examine de près. Chaque fibre, chaque tortillon et chaque nœud sont faits de métal solide.

« Si Arabella a raison, l'auteur de tout cela est un sculpteur de talent, dit Jack. Je dois le trouver; j'aimerais lui confier la décoration du domaine dont j'hériterai d'une vieille veuve richissime qui décidera de faire don de sa propriété à un capitaine de vaisseau aussi charmant que séduisant. »

Une forme indistincte à proximité de la roue de gouvernail jette sur le pont une ombre allongée et menaçante. Jack avale sa salive et se dirige vers la roue à pas furtifs.

Ses yeux s'écarquillent.

« Cela n'est pas normal », fait-il.

Un homme de bronze tient la roue.

Le moindre détail de sa personne est saisissant, des cheveux sur sa tête aux ongles de ses mains. Il regarde fixement quelque chose qui se trouve derrière Jack, de l'autre côté du navire. Son visage est figé en une expression d'horreur, comme s'il lançait un cri d'effroi.

Jack a froid dans le dos. Puis il ferme le poing et tapote la tête de l'homme. « Il y a quelqu'un ? »

Une visite du vaisseau lui fait découvrir le reste de l'équipage changé en statues de bronze.

« De joyeux larrons », annonce Jack. À l'exception de l'homme à la roue, tout semble normal. Rien que du métal en vue. Mais aucune catastrophe ne semble s'être produite. Aucun combat n'a fait rage. Rien ne semble pour le moins inhabituel, si ce n'est le vaisseau même et son équipage.

Il doit attendre de se trouver dans la cabine du capitaine avant de commencer à se faire une idée de ce qui s'est produit. Le capitaine est figé à quatre pattes sur le sol, et une main l'empoigne à la gorge. Ses yeux sont exorbités. Il semble malade ou sous l'effet de la torture.

Mais il ne voit rien autour de son cou et il n'a aucune blessure apparente. Pas une seule goutte de sang, en bronze ou autrement.

Et alors Jack trouve la poupée.

Ce n'est qu'un paquet de bâtonnets et de chiffons entortillés, le tout couvert de bronze, posé sur la couchette, contre l'oreiller.

« Soit le capitaine a une étrange petite fille qui circule à bord de ce navire, soit il s'agit encore de l'une de ces poupées porteuses de maléfices », avoue Jack en la ramassant. Un examen plus attentif révèle qu'elle est vêtue d'une tenue identique à celle du capitaine de bronze, jusqu'à la maigre plume plantée à son bicorne. Jack passe la poupée sous sa ceinture.

« Pour quelles raisons ? se demande-t-il à voix basse alors qu'il retourne sur le pont et qu'il redescend à l'aide de la corde. Pourquoi nous retrouvons-nous sans cesse devant des maléfices, des vaisseaux de métal et d'étranges petites poupées ? »

Il bondit par-dessus la rambarde du *Barnacle* avec un grand geste du bras caractéristique du capitaine Sparrow.

« As-tu découvert quelque chose ? » demande Arabella, anxieuse.

« Seulement un tas de matelots et de voiles de métal. Rien qui vaille d'être volé. Et ceci... ajoute-t-il en lançant la poupée à Jean. Le garçon manque de la laisser échapper, tant il est surpris par son poids. Il semble que les pauvres bougres aient été changés en métal. C'était un véritable navire, et une chose terrible lui est arrivée. »

« Regardez ! Jean retourne la poupée. Sur son pied on voit une dague à laquelle est lové un serpent. De nouveau, la marque de Madame Minuit. »

« Qu'est-ce qu'elle pouvait bien avoir à faire sur ce voilier ? demande Fitzwilliam. Il ne semble même pas transporter de marchandises », ajoute-t-il.

Ils approchent de La Nouvelle-Orléans, et les indices continuent de s'accumuler. Mais ils ont tous le sentiment que les réponses à leurs interrogations les attendent dans cette ville.

CHAPITRE SIX

Alors que l'aube se lève, La Nouvelle-Orléans paraît à l'horizon. La ville semble s'être tout juste matérialisée comme si elle venait d'émerger de l'eau. Il s'en dégage une aura magique, même du lointain.

Aucun membre de l'équipage n'a bien dormi depuis la rencontre avec le grand voilier de métal et la minuscule poupée de bronze. À présent tous semblent enjoués, et Jean en particulier.

« Ah ! La Nouvelle-Orléans ! Qu'est-ce que tu m'as manqué ! », lance-t-il à voix haute.

Constance miaule pour signifier qu'elle est d'accord.

« Jack, je tiens à préciser, dit Arabella en allant discrètement vers lui, que je suis heureuse que nous ramenions Tumen et Jean chez eux, mais ne te crois pas obligé de me ramener bientôt à Tortuga. »

« Pareillement pour moi », dit Fitzwilliam d'un ton senti.

Jack roule les yeux. « Oui, oui, très bien », dit-il d'un ton dédaigneux. Il lui faut une grande concentration afin de gouverner le vaisseau alors qu'il entre dans le port. La circulation y est beaucoup plus intense que dans les autres villes portuaires qu'il connaît. Toutes sortes de navires, des sloops aux frégates, des bateaux de pêche aux bâtiments de guerre, mouillent dans les eaux. Il lui faut beaucoup d'adresse pour trouver une cale à proximité du centre de la ville, un peu en amont du fleuve.

« À terre, tous ! Et n'oubliez pas où nous avons accosté », dit Jack avec un large sourire en ajustant son bandeau. Selon Jean, peu de distance sépare les quais des ruelles du quartier français.

Il leur suffit de poser quelques questions, de montrer la poupée et d'obtenir quelques réponses. Rien de compliqué.

C'est alors que les ennuis commencent.

« Halte ! »

Un homme affublé d'un uniforme galonné remonte le quai jusqu'au *Barnacle*. Il est flanqué de deux colosses à l'uniforme moins impeccable.

« Les gendarmes... la police », dit Jean.

« En compagnie d'un officier du port. »

« Que se passe-t-il ici ? » demande le premier dans un français teinté d'un accent cajun. Il a un petit nez aquilin et de petits yeux qui louchent. Le type même du bureaucrate tatillon qui adore compliquer la vie aux aventuriers honnêtes.

« Veuillez m'excuser, mon bon monsieur, dit Jack en retirant son couvre-chef et en faisant la révérence. Nous sommes là pour notre agrément... nous désirons visiter votre belle ville, fréquenter ses restaurants réputés... Nous ne sommes que des touristes, à vrai dire. Vous n'avez rien à craindre. »

« Où sont vos papiers? demande l'officier en agitant la main. C'est un port réservé aux navires marchands; il vous faut une autorisation pour y accoster. »

« Nous aurions ces papiers que vous réclamez, mon cher monsieur, sauf que nous ne commandons pas – ainsi que vous pouvez le voir – un navire qui sert au commerce », explique Jack en levant un sourcil en direction du *Barnacle*. Il lui faut réfléchir rapidement. Engager une querelle avec les autorités locales en posant le pied à terre n'est pas le meilleur moyen de se mettre en douce sur la piste de la puissante Madame Minuit. Il se penche vers l'officier et lui dit sur le ton de la confidence : « Je préférerais ne pas avoir à vous le dire, car je ne suis pas censé le faire, mais nous conduisons dans le plus grand secret un éminent représentant de l'aristocratie française. »

L'officier lui renvoie un regard lourd de scepticisme.

« Bien entendu, je suis persuadé qu'un gentilhomme français ferait la traversée à bord de ce... cette coquille de noix en compagnie d'un pareil équipage », dit-il en agitant les mains de façon dédaigneuse.

Hélas ! Jack doit admettre que le *Barnacle* n'a pas la prestance d'un grand vaisseau. Les poutres sont gauchies ; là où il y avait de la peinture, elle est pelée, et l'ensemble empeste le poisson pourri.

En outre, aucun d'eux n'a l'allure d'un aristocrate français. Assurément, pas Tumen. Arabella est suffisamment jolie pour passer pour une duchesse, mais sa robe est usée et elle a les manières, avouons-le, d'une fille de tavernier. Jean parle couramment français, mais il n'a pas davantage les manières d'un aristocrate qu'Arabella. Et Fitzwilliam...

En fait, dans sa redingote bleue presque neuve, avec son épée scintillante pendue à son côté, Fitz a le physique de l'emploi. Jack hoche la tête vers lui avec un regard implorant.

Fitzwilliam comprend sur-le-champ. Il fait un pas en direction de l'officier, redresse les épaules, hausse le menton et affiche un air de dédain caractéristique.

« Bonjour monsieur », dit-il avec un accent français impeccable.

Jean traduit à voix basse à l'intention de Jack, Tumen et Arabella. Jack le chasse rudement comme pour lui signifier qu'il n'a pas besoin d'interprète.

« Que se passe-t-il ? J'exige qu'on nous laisse descendre sans tarder ! » continue Fitzwilliam.

« Veuillez m'excuser, Monseigneur, dit l'officier sans se montrer plus poli qu'auparavant. Je vous prie de m'expliquer comment il se fait qu'un monsieur voyage dans de telles... conditions. Et sans papiers. »

« Je suis un cartographe au service du roi lui-même, répond Fitzwilliam d'un ton onctueux. Sa Majesté m'a dépêché ici afin d'effectuer le levé du territoire de la Louisiane que nous avons à bon droit repris aux Espagnols. Mon vaisseau fut attaqué par une bande de pirates – je pense être le seul survivant. Ces humbles euh... Il jeta un coup d'œil à ses amis... pêcheurs m'ont sauvé la vie et m'ont escorté vers l'amont en attendant l'arrivée d'un autre voilier et de son équipage. »

L'officier du port renifle et secoue la tête.

« Je n'ai entendu parler d'aucun vaisseau arborant le pavillon royal qui aurait été attaqué par des pirates, ni d'aucune expédition visant à faire le levé des terres en Louisiane ! »

« N'avez-vous donc reçu aucune nouvelle de la cour ? réplique Fitzwilliam du tac au tac. Je vous en prie, ne me dites pas que le vaisseau du messager de Sa Majesté a coulé lui aussi ! »

« Une histoire guère plausible – d'abord, on attaque votre navire et ensuite celui de la poste royale », dit l'officier d'un ton méprisant. Mais le doute semble s'insinuer chez ses hommes de main.

« Souhaitez-vous vous attirer la fureur de la Couronne ? » demande Fitzwilliam d'un ton glacial.

L'officier du port réfléchit un instant. Dans l'improbable éventualité où le jeune homme qui se trouve devant lui ne mente pas, ses hommes et lui risquent l'échafaud s'ils ne le laissent pas descendre à terre. À tout le moins, ils recevraient une réprimande et seraient rétrogradés. Il regarde de nouveau ses compagnons de voyage, au pis, il s'agit d'une bande de jeunes marins venus à La Nouvelle-Orléans en quête de plaisirs. Ils ne peuvent pas être bien dangereux.

« C'est bon, dit l'officier du port, vous pouvez y aller. Mais amarrez votre majestueux *Barnacle* à l'autre extrémité du port. Je ne veux pas voir cet horrible bateau de pêche ici. »

Il fit même un salut à Fitzwilliam, par mesure de précaution.

« Merci », dit Jack en le saluant à son tour.

« Fitz, tu as été fantastique », dit Arabella en lui faisant l'accolade. Le jeune aristocrate conserve son expression stoïque, mais ses joues s'empourprent.

« Je ne savais pas que tu maîtrisais aussi bien le français », dit Jean en riant et en lui assenant une tape dans le dos.

« Tu t'es assez bien débrouillé, concède Jack. À présent, allons amarrer le majestueux *Barnacle* à l'autre bout du port et descendons à terre ! »

La rencontre avec le capitaine de port marque le début de leurs ennuis. Le soleil qui s'était si agréablement levé au-dessus de la mer ce matin-là tape maintenant de façon impitoyable sur leurs épaules malgré le ciel moutonneux. L'air même est si chaud et humide qu'ils ont l'impression de déambuler dans un bain de vapeur. Avec un manteau de fourrure sur le dos. À proximité d'une fournaise rougeoyante. Au mois d'août.

« Je suis accoutumée à la chaleur des Antilles, dit Arabella en éloignant sa chevelure de son visage. Mais pas à cette humidité. Ouf ! » Elle donne une tape sur son coude. Une nuée de moustiques bourdonnent autour d'eux.

Jack compte déjà plusieurs piqûres au cou et à la nuque. « Je préfère de loin les poux qui grouillent dans les matelas aux Caraïbes à ces salopards volants », grogne-t-il en agitant les mains en vue de les chasser.

« J'espère que nous n'attraperons pas la malaria », murmure Fitzwilliam.

Jean se montre toujours aussi enjoué. Il leur indique des endroits dignes d'intérêt, des lieux porteurs d'histoire et des éléments caractéristiques de l'architecture louisianaise. Les rues pavées et les balcons de fer forgé. Les maisons peintes de couleurs vives et les fenêtres à contrevents. Et une foule bigarrée de gens venus des quatre coins du monde vêtus de costumes dissemblables. Des veuves portant le grand deuil et des femmes de la noblesse française aux robes de soie colorées. Les hommes ne sont pas tous des flibustiers comme à Tortuga. Il semble y avoir une mosaïque de marchands, d'hommes de métier, de marins, de brasseurs d'affaires, de débardeurs, de hauts fonctionnaires français...

... et encore plus de prêtres, de magiciens ambulants, de mystiques et de clairvoyantes qu'une ville ne semble en mesure d'en accueillir.

Quelques-uns affublés de costumes flottants portent des boules de cristal. D'autres ont la tunique en loques et maculée de boue des mystiques qui vivent à proximité des marais et portent autour du cou des chapelets de crânes à la manière de la célèbre devineresse Tia Dalma. D'autres encore sont couverts de perles et de pierreries qui cliquettent alors qu'ils marchent. Leurs cris sont assourdissants.

« Des potions, qui veut des potions ? Un philtre d'amour, madame ? »

« Des sorts et des maléfices pour les nécessiteux... »

« Des amulettes protectrices. Des nœuds de marin ! Ils veilleront à votre sûreté en mer ! »

Une vieille femme aux yeux noirs et au dos voûté s'approche d'Arabella et profère un son rauque semblable à un croassement. Sans prévenir, la vieille ratatinée lui lance une poignée de ce qui semble être des osselets et lâche un long cri.

Arabella porte les mains à son visage. Lorsque les osselets cliquettent sur les pavés, elle comprend de quoi il s'agit.

« Des pattes de poulets », crie-t-elle avec dégoût. Elle recule d'un pas pour éviter le tas de serres desséchées et recourbées.

Mais Constance se met à fouiner avec joie parmi les pattes racornies et à en mâchouiller quelques-unes.

Un homme au visage grêlé portant un chapeau au bord rabattu sur son front afin de dissimuler les traces de la petite vérole saisit Fitzwilliam par le bras et déploie un éventail de cartes sous son nez.

« Moi lire bonne aventure à joli garçon ? » propose-t-il d'un ton méchant. Son haleine empeste la pourriture et le moisi, et ses yeux sont sombres.

« Ah non, merci ! » dit Fitzwilliam en détournant le regard des formes hypnotiques reproduites sur la face des cartes.

Une jeune fille en robe bleue tire sur la culotte de Jack. Mais lorsqu'il se penche pour entendre ce qu'elle a à lui dire, sa voix est rauque et vieille, et ses yeux sont ceux d'une vieille femme qui a vu des choses qu'elle n'aurait pas dû voir. Jack, dégoûté, a un mouvement de recul.

« Monsieur, je puis vous aider », siffle-t-elle. Elle se penche vers Jack et lui murmure à l'oreille en désignant Constance : « Je puis vous transformer en chat afin que vous fraternisiez davantage avec votre compagne, là-bas. »

« Non merci », répond Jack en souriant d'un air méprisant, en redressant l'échine et en passant son chemin.

« Jean, mon ami, dit Jack en se penchant vers lui. L'un de ces personnages baroques est-il la charmante Madame Minuit que nous recherchons avec l'énergie du désespoir ? »

Jean hausse les épaules. « Non, mon ami. Aussi étranges qu'ils semblent, Madame l'est bien davantage. »

Jack laisse échapper un soupir et regarde autour de lui. Fitzwilliam s'efforce de repousser une fille qui veut lui vendre des philtres d'amour. Arabella essaie quant à elle de convaincre un Cajun albinos qu'elle ne souhaite pas acheter l'œil d'un sorcier vaudou mort depuis longtemps. Constance fait le gros dos devant un chat au pelage et aux yeux blancs.

« Je crois que le meilleur endroit où la chercher est... » Jean interrompt sa phrase. Il arbore soudain une expression bizarre. Son regard semble absent comme s'il était entré en transe. Il prend une profonde inspiration et regarde droit devant lui sans ciller.

« Nous voilà dans un beau pétrin, dit Jack en secouant la tête. Notre guide indigène se trouve soudain ensorcelé. »

CHAPITRE SEPT

Arabella et Fitzwilliam parviennent enfin à se débarrasser des marchands qui les harcèlent. Ils reviennent vers Jack et le trouvent qui lance un regard furieux en direction d'un Jean immobile dont les yeux sont vitreux.

« Nom d'un chien ! dit Arabella, alarmée. Que lui est-il arrivé ? »

« Qui lui a fait cela ? » demande Fitzwilliam en désignant la faune étrange qui grouille autour d'eux.

« Pas la moindre idée », dit Jack avec dédain en agitant les mains et en claquant les doigts devant le visage de Jean.

Jean se met à souffler fort avant de battre lentement des paupières. Il semble s'arracher d'un sommeil lourd et profond ou regagner la surface après être resté trop longtemps sous l'eau.

« Andouille... », dit-il avec douceur.

« Quoi ? Qu'est-ce que ça peut être ? demande Jack en regardant autour de lui. Est-elle responsable de son état ? »

« Filé... étouffée... », dit encore le garçon, hébété.

« Je crois que le pauvre garçon parle de bouffe... de nouveau*, dit Arabella avec un sourire. L'andouille est une variété de saucisses. »

Le vent a tourné et porte dans le square des bouffées d'odeurs épicées qui annoncent l'heure du déjeuner. Les restaurateurs et les taverniers s'activent à cuire de grandes quantités d'huîtres, d'écrevisses et de jambalaya pour une foule affamée.

*L'équipage du *Barnacle* a découvert le caractère épicurien de Jean dans le volume 3 intitulé *La Poursuite des pirates*.

« Jean ! dit Jack, exaspéré. Il lui flanque un coup sur la tête. Sors ta cervelle de la marmite de gombo, nous sommes en mission ici. »

« Oui, oui, bien sûr, dit Jean en secouant la tête afin de retrouver ses idées. Mais cela fait si longtemps... »

« Nous nous occuperons de ton estomac qui crie famine dans un moment, promet Jack en roulant les yeux. Dis-moi, à présent, si aucun de ces misérables ou de ces vandales n'est la redoutée Madame Minuit, où pourrait-elle se trouver ? A-t-elle pignon sur une autre rue ? »

Jean secoue la tête, encore distrait. « Madame Minuit ne fait pas de racolage sur la rue. Elle n'en a pas besoin. Personne ne sait au juste où elle se terre ; on dit qu'elle est en constant déplacement. Ce ne sera pas facile de la trouver... »

Avant que Jack puisse poser une autre question, Jean prend une bonne bouffée de l'arôme qui parfume l'air. Il a un regard anxieux en direction des étals de l'autre côté de la rue où des volutes de fumée brune et les bulles d'un ragoût bouillonnant attirent son attention.

Arabella pose la main sur son ventre. « J'ai moi-même un petit creux, Jack », admet-elle.

« Dans ce cas... , dit le capitaine du *Barnacle* en laissant échapper un soupir et en posant son bicorne sur sa tête. Nous devrions rumi-ner et digérer quelques victuailles avant de nous lancer à la recherche de cette sorcière introuvable. »

Une étincelle anime soudain les yeux de Jean. « Venez avec moi, mes amis ! Je vous promets que vous allez goûter à des choses que vous n'avez jamais mangées auparavant ! »

Fitzwilliam et Jack échangent un regard, haussent les épaules et suivent Jean alors qu'il se dirige tout droit vers un éventaire en parti-culier. Il est encore plus défraîchi et douteux que les autres. Un homme de forte taille aux cheveux poivre et sel en broussaille remue le contenu d'une grande marmite de fonte posée sur un feu.

Jean prend une pièce de monnaie et la lance dans les airs. Sans que son autre main ne lâche la longue cuiller de bois, le géant la saisit au vol et l'engouffre dans sa poche. Puis il sort une écuelle qui semble sale, l'emplit d'une généreuse louchée et la remet à Jean sans même lui jeter un regard.

Jack attend poliment que le garçon l'offre à l'un de ses compagnons, mais il porte l'écuelle à sa bouche pour y boire à grand bruit comme un goinfre.

Il avale tout presque d'un trait.

Ses compagnons l'observent en écarquillant les yeux. Il mange tout et lèche le fond de l'écuelle sans apparemment trouver le temps de respirer. Lorsqu'il a terminé, sa bouche et ses joues sont barbouillées. Fitzwilliam détourne le regard, l'air dégoûté. Constance lèche les gouttes tombées sur le sol.

« Je regrette... dit Jean en se débarbouillant le visage. Mais j'aime trop pour le partager. »

« Ça sent bon, dit Arabella avec tact en lui remettant son mouchoir. Qu'est-ce que c'est ? »

« Du ragoût d'alligator, le meilleur de tout le pays cajun », répond-il avec un large sourire.

Arabella devient pâle comme un linceul. Fitzwilliam ne peut réprimer une expression d'horreur. Tumen semble légèrement mal en point.

« Bien ! Dans ce cas, une tournée générale de ragoût d'alligator, garçon ! dit Jack en frappant vite des mains. Quatre portions dans vos plus fines gamelles malpropres. »

Constance grogne d'un ton menaçant.

« C'est bon, cinq, concède Jack. Mais je ne laisse pas le pourboire. »

L'équipage du *Barnacle* pose son déjeuner sur le dessus d'un mur de pierres peu élevé où chacun peut s'asseoir et manger en jouissant d'un confort rudimentaire.

D'autres gens déjeunent autour d'eux. La plupart sont des marins, des habitants et des débardeurs qui discutent de politique ou des navires qui viennent d'accoster. Des bribes de phrases en français, en cajun, en anglais et en espagnol résonnent à leurs oreilles. Le lourd parfum des épices créoles emplit l'air.

Et alors, quelque chose attire l'attention de Jack. Il est particulièrement sensible aux machinations, aux intrigues, aux complots et aux conspirations.

« L'as-tu en ta possession ? L'as-tu récupérée sur le voilier ? »

« Oui. Et elle est en place, à l'heure qu'il est. »

Ces paroles sont comme de la musique à ses oreilles.

Jack se tourne sans trop de discrétion afin de bien regarder les conspirateurs. Il fait mine de s'intéresser à son ragoût et les observe par-dessus la bordure de son écuelle.

Le premier qui a parlé est un vieil homme vêtu de guenilles. Il porte en outre des serpents, des tas de serpents morts pendus à son cou.

La tête coiffée d'un gibus, il tient à la main un long bâton couronné d'un crâne. De toute évidence, il s'agit de l'un des mystiques qui fréquentent le square. Son compagnon est un garçon de l'âge de Jean qui tient un objet brillant.

« Tu n'as pas attiré l'attention sur toi ? Tu n'as rien laissé derrière ? » demande le vieil homme.

« Seulement un vaisseau de bronze. »

Tout l'équipage du *Barnacle* entend ces paroles. Tumen regarde dans leur direction, l'air anxieux.

Le vieux mystique glousse, puis donne une tape sur l'épaule du petit. Le garçon tend la main et l'ouvre afin de dévoiler une amulette.

Tumen devient pâle comme un linge. Puis il rougit de colère. Jack lève un sourcil à son intention. Que se passe-t-il ?

Tumen désigne l'amulette sans dire un mot, tremblant de rage.

Jack plisse les yeux afin de mieux y voir. Un soleil stylisé est représenté en son centre, et ce qui semble être trois chatons vides est disposé sur son pourtour... Le trésor que les Xitami ont confié au peuple de Tumen! Il est là, sous leurs yeux!

« J'étais loin de penser que ce serait si facile, dit-il en posant son écuelle de ragoût. Cette satanée amulette a pratiquement atterri dans nos mains ! »

Il bondit et brandit sa vieille épée rouillée dans un geste menaçant à l'endroit du garçon et du vieux mystique.

Tous deux décontenancés, ils n'ont pas le temps de s'emparer de leurs armes, pour peu qu'ils en aient eu. Jack fait un mouvement brusque vers le garçon dans l'espoir de vite s'emparer de l'amulette et de prendre la fuite sans causer de scandale. Il le frappe avec le plat de son épée, ne voulant pas blesser l'enfant, afin que sa main laisse échapper l'amulette.

Clang!

Le garçon présente la paume de sa main et bloque l'épée à l'aide de l'amulette. On entend un son étrange, semblable à un sifflement, et une odeur de roussi se répand dans l'air. Jack est étonné de voir son épée changer de couleur pour devenir d'un or rouge à partir de l'endroit où l'amulette l'a touchée. En moins d'une seconde, son épée a été changée en bronze.

Elle est devenue beaucoup plus lourde et la main de Jack ploie sous son poids.

« Nous allons terminer ce combat selon une vieille méthode éprouvée », dit-il avec entrain en laissant tomber son arme.

Fitzwilliam se range à ses côtés, et Jean retrousse ses manches, prêt à la bagarre. Tumen, toujours sous l'effet de la colère, dégaine son couteau en obsidienne.

Jack tente de s'emparer de l'amulette. Le garçon la ramène vers lui au dernier moment et décoche un coup de poing dans les flancs de Jack.

Jack se plie en deux de douleur pendant que Jean se jette sur les jambes du garçon dans l'espoir de le renverser. Le garçon tend frénétiquement les bras en tentant de garder l'équilibre. Jack reprend son souffle et fonce de nouveau vers le garçon qui lui assène un coup d'amulette au visage.

Clonk!

Une douleur à fendre le crâne envahit sa mâchoire. Il a l'impression que l'on vient de lui arracher une dent. Ouais, le goût métallique du sang emplit sa bouche. Ce n'est pas la première dent qu'il perd, sauf que cette fois il a l'impression de les avoir toutes perdues d'un côté de la bouche!

Jack veut passer la langue dans le trou où les dents se trouvaient. Puis il s'aperçoit qu'elles

sont en place. Ce goût âcre qu'il a en bouche n'est pas que métallique – c'est bel et bien du métal. Oubliant le combat pendant un instant, il est pris de panique et se retourne pour voir son reflet dans la vitre d'une fenêtre.

Il a le souffle coupé par la surprise. Un rang de dents métalliques se détache de ses autres dents d'un blanc jaunâtre. Le garçon ou l'amulette les avait changées en bronze !

Jean, Tumen et Fitzwilliam ont pris le relais. Ils sont parvenus à terrasser le garçon. Arabella s'est approchée du mystique à pas de loup et, au moment même où elle s'apprête à lui assener des coups de gamelle sur le crâne, il lève soudain les mains dans les airs et aboie quelque chose dans une langue inconnue.

Tous les serpents morts qui entourent son cou s'animent.

Arabella a un mouvement de recul alors qu'ils se mettent à se tortiller et à siffler et à tenter de mordre quiconque s'approche d'eux.

Tirant profit de l'étonnement de Fitzwilliam et de Jean, le garçon échappe à leur emprise et se remet sur pied. Le vieil homme l'empoigne par l'épaule et l'attire contre lui.

Deux des serpents commencent à suffoquer. On dirait qu'ils tentent de régurgiter une proie : deux objets de forme ronde remontent de leurs gorges. Le vieil homme tend les mains et chacun des serpents y vomit un œuf d'un blanc nacré.

En lâchant un autre cri, l'homme lève les œufs au-dessus de sa tête avant de les laisser tomber sur le sol.

En se fracassant, ils laissent échapper un nuage de fumée et une odeur nauséabonde de soufre. L'équipage du *Barnacle* tombe à la renverse. La fumée sulfureuse leur brûle les yeux. Lorsqu'ils sont en mesure d'y voir clair à nouveau, le garçon et le vieil homme ont disparu.

« L'amulette vient de nous échapper, dit Tumen avec tristesse. Encore une fois. »

« Par le bas-fond de Davy Jones, dit Jack, qui était cet hurluberlu ? »

« Cet hurluberlu, répondit Jean, était Madame Minuit. »

CHAPITRE HUIT

*T*ous regardent Jean d'un air surpris.

« Ça par exemple, fait Jack en sortant le premier de son mutisme, il a une vilaine tête pour une femme. En particulier la barbe de plusieurs jours, la pomme d'Adam et le fait qu'elle ne ressemble en rien à une femme. J'ai vu des femmes débardeurs qui étaient plus jolies. En y songeant bien, j'ai vu de vieux débardeurs qui avaient meilleure mine... »

« Madame peut se manifester sous deux formes différentes », dit Jean pour mettre fin au soliloque de Jack.

Il fait de petits yeux afin de regarder l'endroit où elle s'est tenue. Il ne reste d'elle que quelques volutes de fumée âcre. « La première est cette espèce de vieux sorcier que vous venez de voir, poursuit Jean. La seconde, je ne l'ai jamais vue. »

« Comment peux-tu être sûr qu'il s'agissait d'elle ? » demande Fitzwilliam.

« Les serpents l'ont trahie. Ils sont sa signature, sa caractéristique. » Jean se tord les mains pour mimer les ondulations d'un serpent.

« Ooooh ! à vous faire frooooid dans le dooos », dit Jack avec sarcasme.

« À présent, continue Jack en frappant dans ses mains, l'un de vous a-t-il eu le temps de bien voir l'amulette ou de remarquer quelque chose de particulier ? »

Les quatre autres membres de l'équipage restent silencieux. Jack laisse échapper un soupir afin de marquer son impatience.

« Tumen ici présent nous a dit que l'amulette montre un soleil entouré de trois chatons vides où fixer des pierres précieuses. Eh bien, compagnons, loin de moi l'idée de vous mettre dans tous vos états et de vous voir courir affolés, mais... Jack parle tout bas comme en un murmure. ... l'un des chatons était serti. »

Arabella, Jean et Tumen regardent Jack avec surprise.

« Alors ? » demande Jean.

« Il était serti d'un fragment de bronze, dit Jack en réunissant le bout de son pouce et de son index pour en indiquer la taille. À peu près de la taille d'une perle. Lustré. Du bronze. Oh ! vous ai-je dit qu'il s'agissait de bronze ? »

D'un geste désinvolte, il tapote ses dents. L'une d'elles est désormais en bronze étincelant.

Arabella semble comprendre la première.

« Oh ! » dit-elle.

« Ouais, oh ! » l'imite Jack en roulant les yeux.

« Le vaisseau ! Avec tous ces gens... et ta dent... » poursuit Arabella.

« Et ton épée, ajoute Fitzwilliam en la ramassant sur le sol. Il l'examine de près. Du bronze pur. »

« L'amulette doit devoir son pouvoir à la pierre, dit Tumen en hochant la tête. Elle est sertie d'une pierre de bronze, alors elle transforme tout en bronze. »

« Mais pourquoi du bronze ? murmure Jack en posant un regard de dégoût sur sa vieille épée. Certes, c'était une vieille épée rongée par la rouille mais elle était devenue tout à fait inutile. D'ailleurs, qui avait jamais entendu parler d'une épée de bronze ? Pourquoi avoir choisi le bronze ? »

« Jack, dit Arabella avec un sourire, le bronze a longtemps eu son utilité. Avant le fer et l'acier. Les épées, les casques, les boucliers, les armures, les lances, les marmites... dans quelques régions du monde, on emploie le bronze aujourd'hui encore. »

« Tu ne plaisantes pas ? » demande Jack, étonné. Il reprend son épée des mains de Fitzwilliam en lui lançant un regard chargé de suspicion.

« Je me demande ce qui se produirait si on sertissait le chaton d'un diamant », demande Jean d'un air pensif.

« Est-ce qu'elle transformerait tout en diamant ? »

Tumen secoue la tête, car il refuse d'entrevoir les répercussions qu'aurait un tel raisonnement. « Mon peuple n'ignore pas que l'amulette puisse être très dangereuse, Jean. Nous ne devrions pas y voir un jeu. À moins que tu n'aies déjà oublié ce qui s'est produit à cause de l'épée de Cortés ? »

Jean hoche la tête comme un enfant que l'on vient de réprimander. « Nous avons failli devenir les esclaves de Hernán Cortés*, le conquistador qui semait la destruction sur son passage. »

« Plus jamais de magie, plus jamais de malédiction », dit Fitzwilliam peut-être avec une pointe de tristesse.

« Non, non, non. Cela n'a rien à voir avec l'épée de Cortés, c'est totalement différent. Totalement différent! dit Jack en cherchant à oublier la promesse qu'il s'était faite à lui-même au sujet des malédictions et des trésors, et des trésors et des malédictions, et des trésors maudits. Que peut-il y avoir de si dangereux dans le fait de transformer les choses en bronze? C'est aussi utile que de... de... transformer les choses en étain, compagnons. »

*Reportez-vous aux volumes 1 à 4: À La Recherche de l'épée de Cortés.

« Si vous avez envie de rajeunir la vieille marmite de votre grand-mère ou s'il y a un fauteuil que vous voulez rendre moins confortable pour une raison quelconque. »

Arabella écarquille les yeux tout en réfléchissant. « Si nous pouvions trouver une pépite d'or de la même taille et de la même forme, nous pourrions faire un essai... »

« Nous pourrions connaître le sort du roi Midas! dit Fitzwilliam, emballé par l'idée. Tout ce qu'il touchait se transformait en or! »

« Ouais, et nous savons tous comment cette histoire s'est terminée, n'est-ce pas? » fait Jack entre ses dents.

« Ou peut-être un diamant! » reprend encore Jean.

« Des pavés de diamants, des fauteuils de diamants, tout ce que vous voulez, dans ce cas, dit Fitzwilliam avec un large sourire. Jack, tu pourrais acheter le voilier de tes rêves! »

« Je possède déjà un voilier », dit Jack en agitant la main d'un geste dédaigneux avant de lever les yeux prudemment pour voir si l'un des membres de l'équipage comprend qu'il sait pertinemment que le *Barnacle* n'est guère plus qu'un bateau de pêche.

« Je pourrais être propriétaire de ma maison. Avoir ma propre taverne ! Et, pourquoi pas, mon propre pays ! dit Arabella d'un ton rêveur. Je n'aurais plus à recevoir d'ordres de personne. »

Tumen regarde tour à tour chacun de ses amis, l'air de plus en plus consterné. On aurait dit que, après avoir compris le pouvoir que pouvait conférer l'amulette, ils devenaient tous un peu fêlés de la cafetière. Ils ne songeaient plus qu'à des trésors et à des manières de se construire un destin. Cette fois encore. Il n'y avait rien d'étonnant à ce que son peuple ait craint et protégé cette amulette.

Jean voit briller les yeux de son amie. Il se sent honteux.

« Mes amis, nous ne sommes pas à la recherche de l'amulette à cause de son pouvoir magique, leur rappelle-t-il avec douceur. Nous devons la rapporter et laver l'honneur de Tumen afin qu'il puisse retourner vivre parmi les siens. »

Chacun lui lance un regard ébahi avant de regarder fixement Tumen.

« Bon, d'accord », répond rapidement Fitzwilliam.

« Sans hésitation », fait Arabella en rougissant.

« Oui, oui », marmotte Jack.

Au même moment, Constance bondit sur le dessus d'un tonneau. Quelque chose pendouille de sa gueule. Arabella a un vif mouvement de recul car elle attend le cadeau habituel de la chatte, c'est-à-dire un mulot ou un rat crevé. Mais cette fois, ce n'est ni mort, ni vif, ni même un mulot. Il s'agit d'une clef de bronze terni qui danse au bout d'un ruban de soie rose.

« Constance, où as-tu trouvé cela ? » demande Jean en prenant la clef et en donnant une caresse à sa sœur.

Constance miaule et accourt à l'endroit où elle a trouvé la clef. C'est à l'endroit même où le garçon et Madame Minuit se sont volatilisés.

CHAPITRE NEUF

« *B*ien joué, ma sœur, dit Jean en caressant le cou de Constance. Tu nous as trouvé un bon indice. »

« Mais que peut bien ouvrir cette clef ? » demande Arabella en la saisissant et en l'examinant à la lumière du jour. Elle n'a rien de particulier, sinon qu'il s'agit d'un passe-partout coulé dans le bronze. La clef est ancienne et ternie. Son anneau a plus ou moins la forme d'un cœur et la branche est longue et étroite. Elle a été taillée pour une serrure assez simple car la branche ne compte que deux pannetons.

« Elle pourrait servir à déverrouiller n'importe quoi. »

« C'est peut-être la clef d'un coffre, avance Fitzwilliam. La clef de l'endroit où Madame range son trésor ou, du moins, l'amulette. »

« Oh! ça tombe sous le sens, dit Jack en secouant la tête. Comme ce serait commode. La Madame – ou Monsieur Madame – aurait laissé tombé la précieuse clef qui ouvre son précieux coffre de précieux trésors?! »

« Elle ne m'a pas semblé du genre de femme qui apprécie les rubans roses », souligne Tumen. Les autres lui donnent raison. Les serpents revenus d'outre-tombe et le travesti de vieil homme excentrique qu'elle a choisi étaient sans rapport avec les rubans de satin et la dentelle.

« C'est peut-être la clef d'une propriété, propose Jean. Là où elle habite ou là où elle se cache. »

« Génial, dit Arabella d'un ton amer. Elle remet la clef à Fitzwilliam pour qu'il puisse l'examiner de près. Combien de maisons y a-t-il à La Nouvelle-Orléans ? Il ne nous reste plus qu'à essayer d'en faire jouer toutes les serrures ! »

Alors que Fitzwilliam tend la main afin de prendre la clef, Jack donne une tape sur le poignet du garçon et s'en empare lui-même.

Il la soulève dans la lumière à la hauteur de ses yeux, tandis que Fitzwilliam fulmine contre lui. Alors qu'il caresse la tige du bout des doigts, il sent quelque chose gravé en relief. Il crache sur son pouce et se met à frotter la clef. Au bout d'un instant, un peu de saleté et de placage bronze ont disparu. Il l'incline vers l'arrière et plisse les yeux pour mieux y voir.

« Auberge d'Orléans, peut-il lire. Mais il a prononcé ow-bergie dorlians. Qu'est-ce que ça veut dire ? »

« Une auberge est un petit hôtel, explique Jean. L'Auberge d'Orléans. On parlait de la construire lorsque je vivais dans cette ville. Ce doit être chose faite, à présent. Je pense que c'est un établissement où logent les gens riches. Par contre, j'ignore où elle se trouve. »

Jack laisse échapper un soupir. « Dans ce cas, nous allons le demander aux gentils indigènes. »

Il glisse la clef dans sa poche et se plaque un large sourire aimable sur les lèvres. Malheureusement, les indigènes d'allure à peu près normale semblent être partis après le coup de feu de midi. La plupart de ceux qui restent sont des exaltés, des indigents et des individus à l'occupation douteuse.

Il porte son choix sur une grosse femme vêtue d'une robe canari qui prend le thé sur la terrasse d'un petit salon. De dos, à tout le moins, elle a l'apparence d'une honnête citoyenne.

« Je vous prie, madame, de m'excuser, dit Jack en lui faisant une révérence affectée. Je me demandais s'il vous serait possible de me... pouah ! »

La femme se tourne avec l'air d'attendre quelque chose. Elle porte une barbe noire et bouclée.

« Plaît-il ? dit-elle d'une voix de ténor. Je vous lis les feuilles de thé ? »

« Ah non merci ! Pas aujourd'hui, je bois du café », dit Jack contrit en s'éloignant.

Un monsieur approche, élégamment vêtu, pense Jack, coiffé d'un haut-de-forme et de bottines lustrées. Jack l'observe un moment avant de l'aborder.

« Veuillez m'excuser, cher monsieur, recommence Jack en joignant les mains et en faisant une révérence. Je me demandais s'il vous était possible de... »

« Vous soutirer du sang ? Absolument ! répond l'homme avec empressement. Il a une seringue à la main et un bocal plein de bestioles noires et luisantes qui se tortillent. Aiguille ou sangsues ? »

Jack recule lentement. « Vraiment navré. Je vous ai confondu avec quelqu'un. Du tout au tout. Sauf pour les suceurs de sang. »

La situation est ridicule. Où donc se trouvent les gendarmes lorsqu'on a besoin d'eux ? Jack se faufile d'un pas lourd et bruyant au travers d'une foule bariolée de phénomènes de foire et de magiciens. Soudain, ils semblent former une haie d'honneur de chaque côté de la rue comme pour lui ouvrir la voie. À son extrémité se trouve la femme la plus spectaculaire qu'il ait jamais vue. Elle est grande et son teint de porcelaine tranche sur le bleu nuit de sa robe moulante. Ses cheveux, d'un rouge sang si foncé qu'ils semblent presque noirs, sont retenus par une résille parsemée de pierreries. À la main, elle tient un masque de mascarade d'un vert reptilien décoré de crocs argentés.

Elle n'est pas vraiment normale et ne correspond pas à ce que Jack cherche. Mais elle semble un tantinet plus fiable que les autres quidams qui l'entourent. Sans compter qu'elle est ravissante.

« Madame, je vous prie de m'excuser, commence-t-il en s'approchant d'elle. Je me demandais si vous pouviez m'indiquer où se trouve l'Auberge d'Orléans et le chemin le plus court pour y parvenir. Je suis quelque peu pressé. »

La femme écarte les lèvres en un charmant sourire.

« Vous avez de la veine, dit-elle. C'est précisément là où je vais. Vous pouvez me suivre. » Elle a un fort accent français assez semblable à celui du capitaine du port qui avait vérifié leurs papiers.

Jack sourit avec impudence. Il fait signe à ses compagnons de le suivre. Ils ont tous l'air soulagé, à l'exception d'Arabella. Elle pose les yeux sur la belle dame et fronce les sourcils.

Lorsqu'elle aperçoit Fitzwilliam en train d'ajuster sa redingote, elle lui donne un coup.

La femme ouvre la marche en compagnie de Jack; elle balance les hanches avec grâce à chaque pas qu'elle fait. Elle lance des regards obliques aux cinq amis et se mord la lèvre.

« L'Auberge est... un établissement... très chic », dit-elle aussi poliment qu'elle le peut.

Les membres de l'équipage du *Barnacle* se renvoient des regards interrogateurs. C'est à ce moment-là qu'ils constatent le degré de saleté de leurs vêtements. Même Fitzwilliam, d'ordinaire toujours impeccable, aurait besoin d'un brin de toilette. À leur défense, ils n'ont pas eu le temps de faire la lessive ou de se rafraîchir depuis le début de leurs aventures. Jean tente d'enlever les poussières de sa chemise.

Constance, qui trotte à leurs côtés, crache sur le sol d'un ton moqueur. On jurerait qu'elle aime être sale et galeuse.

« On donne une mascarade ce soir, avance la belle. Vous pourrez peut-être y entrer si vous portez un costume... et si vous faites un brin de toilette... Mais votre affreuse chatte sera refusée à la porte. »

Constance courbe le dos et crache en direction de la femme. Jean prend sa sœur et lui fait un câlin comme pour se porter à sa défense.

« Nous n'aurons aucun mal à laisser cette vilaine bête derrière nous », dit Jack d'un ton mielleux à la consternation de Jean. Il fait un clin d'œil à ses amis.

« Nous devons entrer à l'Auberge... l'un de mes cousins qui s'occupe d'expéditions outre-mer. Du rhum, bien entendu. Quoi d'autre ? Partout au monde. Un grand exportateur. Très respecté à La Nouvelle-Orléans. Il va nous trouver des emplois. Me doit une fière chandelle, je vous dis. Mais c'est un grand seigneur, du genre bêcheur, très prétentieux. Nous ne pouvons pas nous permettre de rater ce rendez-vous. Je déteste ce genre de type, pas vous ? Aucune liberté d'action. »

Il fait à la femme son sourire triomphant.

Elle lui sourit à son tour.

« Je dois avouer que je suis quelqu'un de respecté dans la haute société de La Nouvelle-Orléans, dit-elle en lui adressant un clin d'œil. Je pourrais peut-être vous aider. »

« Je vous en serais très reconnaissant, ma belle dame », dit Jack en esquissant une autre révérence. Puis il se penche davantage et murmure à l'intention de ses amis : « Vous avez vu ? Elle est complètement folle de moi. Ce n'est pas un crime d'être charmant et beau garçon. »

Arabella roule de gros yeux.

Ils marchent peu de temps avant d'arriver à l'hôtel qui semble aussi impressionnant que Jean l'avait imaginé. La lumière au gaz, de hautes colonnes, un tapis rouge qui accueille les clients à l'entrée et un portier au physique imposant vêtu d'une longue cape grise et d'une casquette assortie. Il jauge l'équipage du *Barnacle* d'un œil dégoûté. Puis il voit la femme; il se donne aussitôt une attitude empreinte de courtoisie.

« Bonsoir, madame », dit-il poliment en la saluant.

« Bonsoir », répond-elle avec empressement. Puis elle s'entretient seule avec lui. Elle désigne l'équipage de ses gestes. Lorsqu'ils en ont terminé, elle se tourne et fait un signe de tête à l'intention de Jack.

« Vous pouvez me suivre. »

Le portier a un grand mouvement de recul afin de bien leur signifier qu'ils pénètrent dans l'établissement sans son approbation – jusqu'à ce que Jean tente d'entrer avec Constance dans les bras.

Le portier secoue la tête. Les malpropres, oui. Les chats, non. Il y a une limite à ne pas dépasser. Il tend le bras afin de les arrêter, mais il prend soin de ne pas trop s'approcher de Constance. On dirait qu'il craint de contracter une affreuse maladie au contact de la bête pelée.

La femme en noir lui fait un sourire et hoche la tête. « Oui, le chat aussi », dit-elle en claquant les doigts.

Le portier les laisse passer à contrecœur. Fitzwilliam pose sur lui un regard réprobateur – s'il s'était trouvé sur la propriété de son père, l'homme aurait été renvoyé sur-le-champ pour avoir permis à pareille racaille de franchir le pas de la porte.

« C'est une dame très puissante, explique le portier en haussant les épaules. Que puis-je faire ? »

Un grand bal est donné à l'intérieur de l'hôtel. On a déployé des kilomètres d'un épais velours rouge et noir qui est tendu sur les fauteuils, les tables, les murs et même les portes. Le long hall qu'ils parcourent est tapissé de miroirs et ponctué de lustres scintillants. Des chandelles projettent leurs lueurs dorées sur les fêtards costumés qui sirotent des coupes de champagne. Ils portent tous des masques confectionnés avec art : des diables cornus, des anges sous leur halo, des oiseaux empanachés, des fleurs fraîches écloses, des lunes dorées et d'autres choses encore trop étranges pour qu'on puisse les décrire.

Arabella s'efforce de ne pas paraître impressionnée. Fitzwilliam semble un peu mal à l'aise. Ce bal ressemble trop à ceux auxquels il était tenu d'assister à l'époque où son père tentait de lui trouver une épouse.

La femme claque les doigts. Un laquais portant une cape rouge et noire se matérialise soudain. Il lui présente un sac contenant une sélection de masques. Elle sourit et les regarde tous avant d'en choisir cinq avec soin.

« Vous devez porter ceci », dit-elle aux membres de l'équipage du *Barnacle*. Elle remet à Jack un masque doré au nez droit et pointu. Ravi, Jack le met sur son visage. Il lui sera facile de se faufiler dans l'hôtel ainsi masqué. Elle a choisi pour Arabella un masque d'un rouge flamboyant garni de plumes qui lui auréolent la tête. Fitzwilliam a droit à un masque plus classique, blanc surmonté d'un faux tricorne, avec de petits losanges noirs qui entourent les yeux. Il est parfaitement assorti à sa redingote bleue et à ses bottines noires bien cirées. Jean et Tumen reçoivent une paire de masques figurant des diablotins avec les sourcils en accent circonflexe et des cornes.

« Très joli », dit Arabella d'un ton approbateur.

« Métamorphose réussie, compagnons, dit Jack en admirant son reflet dans une glace ancienne piquée. Nous passerons inaperçus. »

« Je dois vous quitter, à présent. J'espère que vous trouverez sans mal votre cousin »,

dit la femme en les saluant d'un geste élégant de la main. Elle leur tourne le dos et met son masque. Alors qu'elle entre dans la salle de bal, la foule lui ouvre le passage. Tumen et Fitzwilliam la regardent s'éloigner, non sans tristesse.

« Regarde là-bas ! » dit Jean en empoignant le bras de Jack. À l'autre extrémité du hall se trouve une vieille femme tout de vert vêtue avec ce qui semble être des serpents autour du cou. Ils sont plus fins et plus longs que ceux du vieil homme, mais ce doit être Madame Minuit.

Jack fronce les sourcils et pointe le doigt sans rien dire. Jean reste bouche bée. Deux autres individus se trouvent dans le hall, qui portent également des serpents autour de leur cou. L'un d'eux est une jeune femme riant à gorge déployée et qui frappe le sol avec une canne gravée d'une vipère torsadée. L'autre est un homme masqué, vêtu de jaune de la tête aux pieds, qui porte ce qui semble être une ceinture faite de serpents lovés.

« Compagnons, j'ignore si l'un d'eux est notre homme, euh... ou notre femme, dit Jack, mais les invités de ce bal me rendent mal à l'aise du fait que nous ne voyons ni leurs visages ni leurs yeux. »

Jack s'approche de ses compagnons. « Séparons-nous et essayons de voir si l'un de ces personnages colorés est Madame Minuit. »

CHAPITRE DIX

*J*ack se dirige vers la première femme qu'ils ont repérée à l'autre extrémité de la salle de bal. Jean et Tumen se glissent à pas de loup jusqu'à l'homme qui porte des serpents à la ceinture, tandis que Fitzwilliam et Arabella s'approchent de la dame qui marche en s'aidant d'une canne. Les invités sont si nombreux dans la salle de bal qu'ils peuvent se mêler à eux sans difficulté.

La femme à la chevelure rouge sang qui les a conduits à l'hôtel monte sur une estrade. La foule se met à applaudir. L'équipage du

Barnacle s'empresse de faire de même afin de se fondre le mieux possible aux autres invités.

« Bonsoir à tous, dit la femme d'une voix posée qui porte, et bienvenue à cette édition de la mascarade noire ! »

Pendant que l'attention des invités est concentrée sur l'oratrice, les cinq amis s'avancent petit à petit vers leurs cibles. Arabella inspire profondément. La femme à la canne ornée d'un serpent porte un petit sac à son poignet dont la taille correspond à celle de l'amulette. Fitzwilliam semble anxieux au moment où Arabella glisse peu à peu sa main dans le sac ainsi qu'elle le faisait à Tortuga lorsqu'elle pratiquait le vol à la tire. Elle y était presque...

« Ah ha ! » La voix de Jack avait résonné dans la salle. La vieille femme qu'il avait suivie se trouvait droit devant lui. Le miroitement révélateur d'une amulette argentée brillait à son cou.

Arabella dégage vite sa main du sac de manière à ne pas être remarquée. Tumen et Jean s'éloignent prestement de leur homme. La main de Fitzwilliam se pose sur son épée. Constance se met à siffler.

L'ensemble des invités se tournent vers Jack.

De même que la belle dame grâce à qui ils se trouvent là. Mais, contrairement aux autres invités, elle ne semble ni choquée ni étonnée. En réalité, elle semble satisfaite. On pourrait croire qu'elle a pressenti que chose pareille surviendrait. Que c'était là la raison pour laquelle elle avait introduit l'équipage du *Barnacle* dans l'hôtel !

« J'accuse ! » crie Jack d'un air triomphant en direction de la vieille dame à l'amulette. Il la fait tournoyer brutalement et la présente à la foule des danseurs. « Cette ignoble, cette infâme – bon, d'accord, cette vieille d'allure frêle... ne semble pas très menaçante. Pas le moins du monde. Toutefois, mesdames et messieurs, ne soyez pas dupes ! Elle est aussi puissante que perfide. Voyez ses serpents... » Il en brandit un afin que tous le voient. Il lui semble mou au toucher avant de provoquer chez lui une sensation de chatouillement. Ce que Jean et lui avaient cru être des serpents n'était que des boas d'un vert sombre.

« Hou là ! on dirait des serpents. À l'évidence, ils devraient être des serpents. Soyez honnêtes, à une certaine distance... ? » dit Jack en bégayant presque.

Arabella laisse échapper un long soupir alors que Jack parlait à n'en plus finir. Fitzwilliam secoue la tête.

« C'est que nous l'avons suivie, voyez-vous, explique-t-il aux invités qui semblent déconcertés. Il joint les mains à la manière d'un instituteur et fait les cent pas. Depuis le Yucatán où elle s'est servie de petites poupées bizarres pour rendre malade un pauvre vieux sorcier... »

« Ce n'est pas un vieux sorcier, marmonne Tumen. C'est mon arrière-grand-père. »

Jack lui décoche un regard exorbité. « D'accord, pis que cela. Elle a rendu un arrière-grand-père malade. En lui volant son amulette. Son amulette dotée d'un pouvoir magique. Qui transforme tout en bronze.

« Je sais, on a du mal à croire à pareille puissance, admet-il. Je n'y croyais guère moi-même. Ce n'est pas comme si elle transformait tout en or, ou même en chocolat. Mais elle a transformé un grand vaisseau en, hum, bronze, et voyez donc ça ! L'amulette ! »

Il conclut rapidement son discours en saisissant le collier de la femme et en l'exposant à la vue de tous. « Vous êtes tous en présence de la mystérieuse et très redoutée Madame Minuit ! »

La foule reste silencieuse.

Puis la femme à la chevelure rouge sang éclate de rire.

« Jack, êtes-vous assuré qu'il s'agit de la bonne amulette ? » dit-elle d'une voix aguichante.

Jack fronce les sourcils. Il regarde de plus près le disque d'or qu'il tient à la main. Il ne ressemble en rien à l'amulette qu'ils recherchent. Il n'en a pas l'élégance. Il est plutôt parsemé d'affreuses grosses pierres rouges et vertes.

Le genre de bijou que porterait une vieille femme excentrique.

« Dites donc, comment savez-vous mon nom ? » demande-t-il, en comprenant soudain ce qu'elle venait de dire.

La femme éclate à nouveau de rire et frappe dans ses mains. « Laissez-nous vous aider à retrouver l'amulette. Peut-être est-ce celle que j'aperçois là-bas... ou celle que porte

Mademoiselle Calais à l'entrée de la salle de bal ? Ou peut-être est-ce celle-ci ? »

Avec des sourires et des regards mauvais, plusieurs autres invités produisent des amulettes aux reflets métalliques. Ils les agitent et font entre eux des commentaires d'un ton persifleur. Aucune des amulettes n'est celle qu'ils cherchent : quelques-unes étaient de forme carrée, certaines affichaient une lune et d'autres encore comportaient un nombre différent de chatons vides.

« Jack », dit Arabella d'un ton inquiet.

« Peut-être se trouve-t-elle au cou de Monsieur Voiture... continue la femme sur l'estrade. Ou peut-être cherchez-vous la mienne ? »

Elle sort triomphalement une amulette. Une amulette volée, faut-il le préciser, comportant sept chatons dont quatre enchâssés de jade, deux vides et le dernier serti d'un fragment de bronze !

« Dans ce cas, vous feriez une séduisante Madame Minuit », dit Jack, dépité.

Elle lève le menton et éclate d'un rire malicieux, semblable au sifflement d'une hyène. « Soyez les bienvenus à votre première mascarade noire, mes chers nouveaux amis. Voyons si vous survivrez à la soirée ! »

La vieille femme aux boas sourit à Jack et abaisse lentement son masque. Plutôt qu'une vieille bique frêle, Jack voit de grands yeux jaunes qui luisent dans la pénombre comme ceux d'une vipère et des joues couvertes d'écailles. Les muscles de son visage sont gonflés et sa tête se balance sur son cou comme si elle avait été possédée. Elle siffle.

L'homme devant qui se trouvent Jean et Tumen enlève son masque à son tour. Son visage est couleur de craie et le blanc de ses yeux est injecté de sang. De longs ongles jaunis coiffent ses doigts à la manière de griffes.

« Mon Dieu! murmure Jean. Il est possédé. Jack! Ils sont tous en proie à Madame Minuit! »

Partout dans la salle de bal, les danseurs enlèvent leurs masques. Leurs regards sont éteints et leurs bouches figées arborent des sourires lubriques.

« Merci pour cette révélation, compagnon, fait Jack bravement. Je crois que je m'en serais aperçu sans ton aide. »

Alors, les possédés passent à l'attaque.

« Emparez-vous d'elle! Emparez-vous de Madame Minuit! crie Jack en agitant les mains comme un forcené. C'est elle qui contrôle leurs mouvements! »

Cela est plus facile à dire qu'à faire. Jean et Tumen se trouvent dos à dos alors qu'un groupe d'invités referment le cercle autour d'eux. Tumen sort de sa poche son couteau d'obsidienne.

« N'oubliez pas : ce sont des gens normaux qui sont l'objet d'un maléfice », crie Jean en assenant un coup à l'homme à la ceinture de serpents alors qu'il faisait un mouvement brusque dans sa direction. « Ne leur faites pas trop de mal ! »

Tumen laisse échapper un soupir et remet son couteau dans son étui. Puis il écrase les pieds de celui qui est le plus près de lui.

La salle de bal est trop bondée pour que Fitzwilliam dégaine son épée. Il pose un bras protecteur devant Arabella et donne un coup de tête à un vieil homme au visage émacié qui bavait de la salive noirâtre. En moins de deux, Arabella s'empare de la canne de la femme qu'ils avaient suivie et lui en assène un bon coup.

Toutefois, pour chaque zombie vaincu, il s'en trouve cinq à sa suite.

Jack en assomme un et bondit par-dessus son corps en écrasant son poing sur la mâchoire d'un deuxième.

Un troisième lui décoche un direct du droit et, alors que Jack virevolte afin de s'éloigner, il en met deux autres knock-out.

Les volontaires au combat ne manquent pas.

Après avoir écarté quelques invités en les poussant, il réussit à gagner l'estrade. Il y monte précipitamment et tend le bras afin de s'emparer de l'amulette.

La femme lève la main. Un serpent se déploie autour de son cou et ondule lentement le long de son bras. Il lève la tête et siffle en direction de Jack.

Soudain, il est paralysé. Il lui semble ne plus avoir la maîtrise de ses jambes.

Il a un regard horrifié alors que davantage de serpents glissent du cou de la femme et se lovent autour de ses bras.

Elle avance avec calme alors que les serpents sifflent et dardent leurs langues. La foule des possédés s'ouvre sur son passage et s'incline dans de respectueuses révérences.

Arabella prend une fourche posée près de l'âtre dans l'intention d'en transpercer Madame Minuit. Mais deux des serpents s'élèvent dans les airs et sifflent en direction d'Arabella et de Fitzwilliam. À leur tour, ils sont paralysés. Le bras de Fitzwilliam est figé dans la pose de celui qui s'apprête à dégainer son épée. Arabella ouvre la bouche afin de crier, mais aucun son n'en sort.

Madame Minuit se charge ensuite de Jean et Tumen. Deux autres serpents sifflent, et les garçons sont immobilisés.

La foule jacasse et caquette. Madame Minuit embrasse la salle du regard et sourit d'un air suffisant. L'équipage du *Barnacle* se débat en vain contre le maléfice qu'elle lui a lancé. Madame Minuit s'approche de Jack et agite la main sous ses yeux. Soudain, il peut remuer les lèvres, mais seulement les lèvres.

« Dites-moi, dit-il d'une voix envoûtante, pourquoi vous intéressez-vous au pouvoir de l'amulette ? »

Jack se sent poussé à parler.

« Vous voulez tout savoir ? » demande Jack.

« Je vous en prie », dit Madame Minuit d'une voix sinistre.

Hélas pour Madame, Jack a toujours quelque chose à dire.

« C'est que, voyez-vous, dit-il avec entrain, tout a commencé sur la côte du Yucatán. Vous voyez le portrait : des plages de sable blanc, un soleil radieux, un ciel immensément bleu et des palmiers échevelés par le vent. Un paysage de rêve. Un véritable paradis. En fait, un vrai paradis. La destination idéale pour une escapade amoureuse, si vous voyez ce que je veux dire. Ou encore pour des vacances ou une longue cure de repos. La cuisine locale est divine. Les indigènes savent apprêter à merveille l'iguane et le chien pelé. Peut-être pas le chien. Ils confectionnent cette délicieuse sauce à la crème... »

Bouillant d'impatience, Madame Minuit commande à l'un de ses serpents de siffler au visage de Jack. Jack devient vite silencieux.

« Il est évident que vous ne connaissez rien du véritable pouvoir de l'amulette », dit-elle d'un ton théâtral en caressant la tête de l'un des serpents.

« Bien sûr que si, l'interrompt Jack qui tente de combattre le maléfice. Elle permet de transformer toute chose en bronze. La belle affaire ! Du bronze. Peuh ! »

Madame Minuit semble irritée. Il a gâté sa grande scène.

« Elle transforme peut-être toute chose en bronze, comme vous dites, pour le moment mais elle offre aussi la clef de la Cité de l'or ! »

Encore cette Cité de l'or !

« Je suis désolée mes amis, continue-t-elle, mais vous êtes devenus une menace trop réelle pour l'amulette et pour moi. Vous ne me laissez pas d'autre choix. Je dois vous livrer aux serpents. »

Quatre longs serpents glissent de son corps et rampent jusqu'à Jean, Tumen, Arabella et Fitzwilliam. Ils se dressent dans les airs et se mettent à se balancer dans un sens et dans l'autre. Madame Minuit lève la main devant Jack. Un serpent dresse la tête, découvre ses crocs et s'apprête à mordre.

CHAPITRE ONZE

« *E*uh... », dit Jack en louchant après avoir regardé fixement le serpent devant lui. Il s'efforce de remuer, de tomber sur le sol, de faire quelque chose pour éviter de se trouver sur sa trajectoire. Mais en vain. Il est toujours paralysé. Le serpent dresse la tête et ouvre les mâchoires.

Soudain, Madame Minuit se met à trembler. Elle porte les mains à son cou et elle crie. Les serpents reviennent vers elle en rampant, s'éloignant de leurs victimes involontaires.

Jack vacille et manque de tomber au moment où le maléfice est rompu. Il réussit à trouver l'équilibre et bondit sur ses pieds, l'épée à la main. Les autres membres de l'équipage du *Barnacle* sortent au même moment de leur léthargie, et s'éloignent rapidement des serpents.

Madame Minuit tombe à genoux. Derrière elle se trouve le garçon qui l'accompagnait au marché. Celui qui, au départ, portait l'amulette. À présent, il tient une petite poupée bizarre à la chevelure rouge et à la robe noire – une réplique en miniature de Madame Minuit! Il lui tord la tête et le cou. Madame Minuit se tortille de douleur.

Constance passe la tête entre les jambes du garçon et miaule prudemment. La clef pend à son cou.

« Qu'est-ce...? » commence Jack. Pourquoi ce garçon, qui était le complice de Madame Minuit, se retourne-t-il contre elle à présent?

Pour quelle raison Constance a-t-elle la clef qu'ils avaient trouvée plus tôt ? Et pourquoi cette satanée chatte fait-elle bloc avec le garçon ?

Fitzwilliam et Arabella sont eux aussi sans voix.

« Partez d'ici ! leur lance le garçon d'une voix empreinte de désespoir. Courez vite ! »

« Compagnons, ne cherchons pas à comprendre. Courons ! » crie Jack. Mais avant de se tourner, il saisit l'amulette et l'arrache du cou de Madame Minuit.

« Non ! » crie-t-elle en essayant de le griffer. Le garçon tord davantage la tête de la poupée avant de courir pieds nus à la suite de Jack. Constance le suit de près.

De nouveau réuni, l'équipage du *Barnacle* reprend la bagarre afin de sortir de la salle de bal. Les échanges de coups redoublent. Rendus fous par celle qui maîtrise leurs esprits, ils sont aussi brutaux qu'auparavant et, à présent, voilà qu'ils trébuchent contre les tables et qu'ils détruisent les fauteuils.

La domination que Madame Minuit exerce sur eux commence à faiblir et ils ne cherchent plus qu'à tout détruire sur leur passage. Y compris Jack et ses amis.

« Attention ! » crie Arabella alors qu'un grand escogriffe en haut-de-forme cherche à arracher les yeux de Jack. Ce dernier lève un bras afin de freiner le mouvement de la main de l'homme. L'amulette se balance au bout de sa chaîne et frappe l'homme à la poitrine. Aussitôt, il se transforme en statue de bronze.

L'heure n'est pas à la contemplation. Il y a, semble-t-il, des centaines de femmes et d'hommes possédés entre eux et la sortie.

Alors que Jack et ses amis se fraient un chemin vers la porte, la bagarre s'intensifie. L'amulette vole à gauche et à droite, touche des possédés des deux sexes, des fauteuils, des murs… et rate de peu Fitzwilliam. Tout ce qu'elle a touché se transforme en bronze.

Au moment où ils atteignent enfin la sortie, l'amulette vient frapper le cadre de la porte alors que Jack la franchit en vitesse.

Derrière lui, de grandes flaques de bronze maculent les murs et se répandent sur le sol et les fenêtres. L'hôtel est en train de se changer en bronze.

« Tenez-la près de vous ! » crie le garçon à l'endroit de Jack alors qu'ils courent dans les rues.

Malheureusement, ce conseil lui a été donné trop tard. Alors qu'ils tournent un coin, l'amulette heurte un réverbère.

Jack regarde avec horreur la rue pavée qui commence à se changer en bronze sous ses pieds. Les maisons, les immeubles, les rues transversales, les ruelles, les pots de fleurs…

L'équipage ne cesse de courir avant d'être revenu au port et d'être à bord du *Barnacle*.

Ils attendent d'être sains et saufs à bord du voilier avant de se retourner pour regarder La Nouvelle-Orléans. La lune naissante projette une lumière pâle sur toute la ville.

« Merveilleux ! lance Jack avec sarcasme. Une ville de bronze. L'étoffe dont on fait les rêves. »

Par chance, contrairement au vaisseau croisé dans le golfe, il semble cette fois que les êtres humains (et les animaux) ne sont pas transformés en métal. Ils errent dans les rues, l'air désorienté. Ils trébuchent et tombent souvent. De toute évidence, les trottoirs de bronze sont beaucoup plus glissants que ceux de pierre.

« Halte là ! »

C'est le garçon qui était en compagnie de Madame Minuit. Il tente de monter à bord du *Barnacle*. Fitzwilliam a posé un pied sur la lisse du voilier et dirige la pointe de son épée vers la poitrine du petit. « Je te prie de me dire ce que tu essaies de faire », lui dit-il.

« Je vous en prie, supplie le garçon. Ses yeux bleus traduisent une grande peur. Je veux venir avec vous! Je ne peux pas la maîtriser indéfiniment; lorsqu'elle s'apercevra de ce que j'ai fait, elle me tuera! »

« Pour quelle raison te laisserais-je monter à bord? demande Jack. Pourquoi devrions-nous te faire confiance? De toute évidence, c'est toi qui as volé l'amulette du sorcier de Tumen... »

« De mon arrière-grand-père », corrige Tumen d'une voix apparemment lasse.

« ... et tu t'es servi de cette étrange poupée pour le rendre malade, continue Jack. Sans compter que tu as changé en bronze tout un vaisseau et son équipage! »

« Mais je viens de vous sauver des griffes de Madame, non? » souligne le garçon. Il regarde sans cesse derrière son épaule comme s'il s'attendait à la voir apparaître d'un instant à l'autre.

« Vrai. Mais encore, tu as voulu nous tuer lorsque nous étions dans le square ! » fait valoir Jack.

Jack lui adresse un regard chargé de colère. Le garçon semble vraiment terrifié. Et il ne correspond pas vraiment au rôle de complice de la belle Madame Minuit. Il marche pieds nus, sa culotte est usée et trouée par endroits, son visage est sale. Il est à peine plus qu'un gamin des rues. Peut-être un pauvre garçon qu'elle a fait enlever pour qu'il accomplisse ses basses œuvres.

« Les voilà ! »

Un groupe de fêtards en tenue de soirée s'était assemblé au pied du quai. Débardeurs et marins semblent déconcertés devant leur soudaine apparition. Le capitaine du port vient à leur rencontre en exigeant de savoir ce qu'ils font là.

« Vous êtes sur la propriété du port de La Nouvelle-Orléans ! dit-il dans tous ses états. Montrez-moi vos papiers... »

Un homme possédé lâche un sifflement avant de lui donner un coup de tête sur le crâne. Le capitaine du port tombe comme un sac de boue détrempée dans le fleuve.

« Jack », dit Arabella avec inquiétude.

« Je m'en charge », répond Jack. Au lieu de prendre le temps de dénouer et d'enrouler les cordages, il dégaine son épée et les tranche d'un coup sec.

Les amarres larguées, le *Barnacle* est libre de sortir des eaux portuaires. « Hum... je finirai peut-être par apprécier cette épée de bronze », dit-il pensivement en regardant sa lame.

Jean et Tumen se penchent par-dessus bord afin d'imprimer un mouvement de poussée sur le quai. Le vaisseau s'éloigne de la jetée au moment même où les premiers fêtards lancés à leur poursuite arrivent au quai. Un homme va au-delà du quai et tombe à l'eau en laissant monter un affreux glouglou.

Le garçon regarde autour de lui et prend une décision. La foule de possédés derrière lui sur le quai ou un voilier qui prend rapidement la fuite sur l'océan devant lui...

Il saute à l'eau.

Au moment où ses pieds touchent l'eau, l'homme qui était tombé du quai avant lui le saisit par les chevilles. À force de se débattre et de nager, le garçon réussit à se hisser sur le pont du *Barnacle*.

La foule des possédés s'ouvre pour laisser le passage à Madame Minuit. Elle s'avance sur la jetée pareille à une idole païenne avec des dizaines de serpents lovés autour de ses bras en V. Les reptiles sifflent bruyamment.

L'équipage du *Barnacle* a un mouvement de recul.

« Ne vous inquiétez pas, leur dit le garçon. Elle est trop loin pour que ses serpents puissent nous atteindre. Nous sommes en sûreté. Pour l'instant. »

Jean hausse les épaules, puis il s'oblige à se tourner et commence à hisser les voiles. Tumen et Fitzwilliam lui prêtent main-forte et s'affairent aux préparatifs du voyage en mer. Jack prend le gouvernail et manœuvre afin de les entraîner au large le plus vite possible.

« Allez où vous voulez ! leur crie Madame Minuit d'un ton triomphal. Mais où se trouve l'or se trouve la ville ! »

C'était, à peu de mots près, ce que Mam leur avait dit. Que savent ces deux-là au sujet de la Cité et de l'amulette ? Voilà qui mérite réflexion. Ce sera pour une autre fois. Pour le moment, il faut leur échapper.

Le *Barnacle* s'éloigne peu à peu du port de La Nouvelle-Orléans. La ville désormais laquée de bronze brille faiblement sous les rayons de lune. Et le rire de Madame Minuit résonne à la surface des eaux agitées.

CHAPITRE DOUZE

*A*rabella se passe une main sur le front et marmotte quelques paroles crues. Jean et Tumen s'écroulent sur le pont, et Fitzwilliam laisse échapper un soupir de soulagement alors qu'ils voient La Nouvelle-Orléans rapetisser à l'horizon.

« Il était moins cinq, cette fois », dit Jack d'un air sévère.

« Que serait-il arrivé si les serpents nous avaient mordus ? » demande Tumen, curieux.

Le garçon qu'ils ont pris avec eux se trouve toujours à l'arrière du navire et regarde fixement le littoral qui rétrécit à vue d'œil comme s'il avait du mal à croire qu'il était libre.

« Vous seriez tous devenus les esclaves de Madame. Pareillement aux invités du bal. Comme moi, répondit-il d'une voix douce. Il secoue la tête afin de chasser les pensées torturantes. Il se tourne pour faire face à l'équipage. Le maléfice s'émousse au fil du temps. Elle doit commander aux serpents de nous mordre souvent. » Il relève la manche de sa chemise. Des dizaines de traces de morsure marquent tout son bras. Quelques-unes sont récentes alors que d'autres ont formé une croûte, mais la plupart suintent le venin et le sang.

« Par tous les saints du ciel ! dit Arabella. Cette femme est un monstre ! »

« À qui le dis-tu ! reprend le garçon d'un air contrit en se couvrant le bras. Elle m'enfermait dans une chambre de l'hôtel, et se servait de moi pour accomplir ses basses œuvres. Comme le vol de l'amulette. Je suis navré pour ton arrière-grand-père », fait-il d'un ton sérieux à Tumen.

« Je n'ai pas eu le choix. C'est elle qui agissait par mon intermédiaire. Je n'étais qu'un pion sans volonté propre. »

« Se remettra-t-il ? » demande Tumen, angoissé. Il lui montre la réplique de Mam qu'il avait glissée dans sa poche.

Le garçon fit signe que oui. « Il devrait s'en sortir, à présent que ni Madame ni moi n'avons cette poupée en notre possession. »

« Et qu'en est-il du voilier ? demande Jack. Le... tu sais... Il lâche la roue du gouvernail et agite les mains... Le grand vaisseau ? En bronze ? Celui qui se trouve au milieu du golfe ? »

Le garçon fronce les sourcils. « C'était un autre ordre de Madame. Elle m'avait demandé de fouiller ce navire à la recherche du boulet de bronze. C'est ainsi que l'on désigne ce bijou. Il désigne l'amulette qui pend désormais au cou de Jack. Le capitaine Henshaw est le dernier à l'avoir eu en sa possession. C'est la première pierre de l'amulette, celle qu'il faut pour réveiller son pouvoir.

« Madame Minuit a confectionné une autre poupée à son image pour que je puisse lui faire avouer où le boulet était caché avant de m'en emparer. »

« Bien, dit Arabella en fronçant les sourcils, mais pourquoi laisser les poupées derrière ? Ne voulais-tu pas les avoir en ta possession ? N'as-tu pas dit qu'elles perdent leur pouvoir lorsqu'elles ne sont plus entre les mains de celui qui les a fabriquées ? »

« C'est vrai, répond le garçon en hochant la tête à l'endroit de Jean. Mais c'est à dessein que je les ai laissées tomber. Alors que les morsures de serpent se cicatrisaient peu à peu, le maléfice commençait à se dissiper. C'est pendant ces moments, alors que l'emprise de Madame Minuit se relâchait, que j'ai imaginé un plan. J'ai semé les poupées comme des indices pendant mes moments de lucidité afin que quelqu'un puisse les trouver et savoir que Madame Minuit était responsable de ces horribles choses. J'espérais que quelqu'un trouve les poupées et se lance à sa recherche. Et vous l'avez fait. »

« J'apprécie bien ton raisonnement, compagnon », dit Jack en s'ouvrant peu à peu au nouveau venu.

Puis Jack désigne du doigt Constance et la clef qui pend à son cou. Elle crache dans sa direction par habitude. « Qu'en est-il de cette clef ? » demande Jack.

« C'est la clef de la chambre d'hôtel où elle me tenait enfermé. Je l'ai laissée tomber à dessein alors que Madame Minuit nous faisait sortir du marché, explique le garçon en souriant de sa propre ingéniosité. J'espérais que vous viendriez à ma rescousse. J'ignore comment mais cette... "chatte" l'a trouvée et l'a glissée sous ma porte. Fille ou chatte, c'est une belle créature. »

Il sourit et flatte Constance sous le menton. Constance ronronne.

« D'accord, qu'est-ce que tu bois et où puis-je m'en procurer ? » demande Jack.

« Belle créature ? » demande Arabella d'un ton sceptique en croisant le regard de Fitzwilliam. La chatte galeuse ronronne de plaisir et dévoile ses dents jaunes et crochues. Il est grand temps que quelqu'un apprécie sa beauté naturelle.

Jean a un sourire radieux. « Bien joué, ma sœur ! »

« J'avais déjà chipé l'une des poupées de Madame, au cours d'une de ces périodes où j'étais moi-même, pendant un moment de lucidité, explique le garçon. Je l'ai vêtue comme elle. Ainsi, lorsque je suis entré dans la salle de bal, j'ai pu me servir de son pouvoir contre son gré afin de vous libérer. »

« C'était très bien imaginé ! » conclut Jack.

Ils sont tous impressionnés devant l'ingéniosité et la persévérance de ce jeune garçon. Imaginer un plan d'évasion alors qu'il était sous l'emprise d'une magicienne !

« Comment t'appelles-tu, petit ? » demande Jack en tenant le gouvernail d'une main et en lui tendant l'autre afin de lui serrer la pince.

« Timothy. Tim. Tim Hawk, monsieur », répond le garçon.

Les compagnons haussent les épaules. Ils n'ont jamais entendu parler de lui.

Mais Jack a vraiment apprécié le fait qu'il lui donne du monsieur. Il est presque assuré de bien s'entendre avec le nouveau membre de l'équipage.

« Dans ce cas, Timothytimtimhawkmon-sieur, dit Jack avec entrain, à présent que l'amulette de ton ancienne patronne est en notre possession, nous pouvons la rapporter au village de Tumen au Yucatán. Tumen pour-ra retrouver sa famille et ses amis, nous aurons un allié stratégique sur la côte, l'amu-lette sera en sûreté et chacun vivra heureux jusqu'à la fin des temps. »

Tumen sourit pour exprimer sa gratitude. Et peut-être un peu d'étonnement. Jack renon-çait-il vraiment au mystère, à la magie et, sur-tout, au trésor simplement afin d'aider son ami ? Jack n'est pas un mauvais bougre, mais cela ne lui ressemble pas.

« Euh... pour ce qui est de vivre heureux jusqu'à la fin des temps, ce ne sera pas pour les bonnes gens de cette ville, là-bas, reprend Jack en désignant la côte. La Nouvelle-Orléans devra subir son triste sort et être transformée en ville de bronze. Un destin peu enviable qui ne lui vaudra pas de figurer dans les livres d'histoire, je parie. »

Tim l'observe avec curiosité. « Tu vas simplement rendre l'amulette ? Tu n'es pas le moindrement curieux de savoir ce que peuvent accomplir les autres pierres qu'on peut y enchâsser ? »

Jack réfléchit un instant. Vraiment et sincèrement. Il scrute son âme.

« Non », dit-il d'un ton catégorique. La détermination qu'ils lisent dans ses yeux finit de convaincre les membres de l'équipage.

Le lendemain matin, le *Barnacle* navigue sur les eaux bleues du golfe du Mexique... et se retrouve à proximité du vaisseau de bronze. L'ourlet de métal qui l'entoure a rouillé un peu plus et se fragmente par endroits.

Tim le regarde fixement pendant un long moment.

Lorsque Fitzwilliam vient le chercher pour qu'il prenne le relais à la pompe qui sert à l'assèchement de la cale, le garçon prend une profonde inspiration.

« Je n'ai pas voulu, dit-il d'un ton d'excuse. Je n'en avais pas l'intention. Tous ces gens... »

Fitzwilliam lève la tête en direction du marin changé en statue de bronze qui tient la roue.

« Ce n'était pas ta faute. Nous trouverons peut-être le moyen de les ramener à la vie », dit-il en donnant un petite tape sur l'épaule du garçon.

« Équipage du *Barnacle* ! » fait alors entendre une voix tonnante que l'on croirait venue du ciel.

Les membres de l'équipage se retournent. Ils étaient tous si préoccupés par le vaisseau de bronze qu'ils n'avaient pas remarqué le navire de bois qui approchait derrière eux.

« Halte ! Qui va là – oh non... » La voix de Jack faiblit. Il ne s'agit pas seulement d'un navire, mais d'un galion majestueux et

puissant qui compte un nombre impressionnant de canons.

À son grand-mât flotte le pavillon à tête de
mort. Des flibustiers !

« Des pirates, Jack ! » dit Fitzwilliam en
posant la main sur la garde de son épée.

« Ton sens de l'observation ne cesse jamais
de m'étonner », dit Jack d'un ton cassant. Il
plisse les yeux afin de mieux observer le
galion. Chaque pavillon de pirates comporte
un détail unique. Jack s'empare de la lunette
d'approche de l'aristocrate et la porte à
son œil. Peut-être saura-t-il à qui il a affaire
en examinant le pavillon de plus près.
« L'emblème du crâne et des tibias compte
deux... euh... fleurs sous le crâne ! »

À ce moment, le capitaine sort sur le pont
afin de les accueillir.

Elle marche à grandes enjambées et pose
une botte à la base du beaupré. La corsaire est
magnifiquement belle, grande et forte. Elle

incarne à merveille l'image que l'on se fait d'un capitaine. En outre, elle est coiffée d'un superbe bicorne.

Elle dégaine une courte épée à la lame brillante. De même font les trente flibustiers qui se trouvent derrière elle.

Jack avale sa salive. Mais il refuse de se laisser intimider. Par qui que ce soit.

« C'est bon, ma jolie, mais que ce ne soit pas trop long ! crie-t-il à son tour. Notre horaire est plutôt surchargé... »

« Surveille tes paroles, mon garçon ! beugle-t-elle à son tour. Ses longues boucles auburn flottent au vent. Sache que tu es à la merci du capitaine Laura Smith ! »

« Tu sais, c'est bizarre, murmure Jack à l'oreille de Fitzwilliam, elle ressemble quelque peu à... »

« Maman ?! » crie Arabella en accourant vers l'avant.

« Ta mère est morte[*], lui rappelle Fitzwilliam

*Reportez-vous aux tomes I et III.

avec délicatesse. Tuée par le célèbre Louis-aux-pieds-gauches. Tu dois encore être sous le choc de nos récentes épreuves. Ce... corsaire... ressemble seulement à ta mère. »

Toutefois, le corsaire en question fixe du regard la fille sur le pont du *Barnacle*. Deux paires d'yeux marron se regardent avec étonnement.

« Arabella ? » crie le capitaine, la voix empreinte d'émotion.

« Aïe ! c'est elle », grogne un pirate dans son dos. On entend alors le bruit d'une démarche traînante pendant que s'avance le redoutable Louis-aux-pieds-gauches. Sous le choc, les membres de l'équipage du *Barnacle* ont un serrement à la gorge. Louis lance un regard furieux à Arabella et fait un geste en direction de sa mère. « Et grâce à toi, je dois souffrir sur son navire pour toute l'éternité ! »

Les membres de l'équipage du *Barnacle* se regardent, éberlués.

« Et nous voilà repartis ! » dit Jack avec entrain.